Andrea Camilleri

La rizzagliata

Sellerio editore
Palermo

2009 © *Sellerio editore via Siracusa 50 Palermo*
e-mail: info@sellerio.it
www.sellerio.it

Camilleri, Andrea <1925>

La rizzagliata / Andrea Camilleri. - Palermo : Sellerio, 2009.
(La memoria ; 795)
EAN 978-88-389-2436-1
853.914 CDD-21   SBN Pal0221447

CIP - *Biblioteca centrale della Regione siciliana «Alberto Bombace»*

La rizzagliata

Uno

«Assolutamente no!» sclamò Michele Caruso, il direttore.

«Vorrei chiarirti...» insistì Alfio Smecca, redattore capo e conduttore del notiziario regionale di prima serata.

«Non hai niente da chiarirmi, Alfio».

«Ma è 'na pura e semplici notizia di cronaca, Michè!».

«Quanto sei 'nnuccintuzzo, Alfiù! Tiè, mozzica il ditino!».

«Non capisco, Michè».

«Ma come, avrebbero mandato un avviso di garanzia al figlio dell'onorevole Caputo e tu me la chiami 'na pura e semplici notizia di cronaca?».

«Pirchì, non lo è 'na notizia di cronaca?».

«Certo che lo è! Ma sto sforzannomi di farti capire che non è né pura né semplici! E tu lo sai benissimo! Perciò la conclusione è che ti sei completamenti rincoglionito».

«Ti faccio notare che stai esercitando una censura assolutamente indebita. Non solo buchi una notizia, ma ci fai perdere uno scoop dato che noi siamo i primi a sapere che...».

«Ti metti a parlari in taliàno, ora? Mi voglio perdere lo scoop, va bene? La notizia la passo, non la censuro, ma nell'ultimo notiziario».

«Dopo che l'hanno data gli altri? "Telepanormus", per esempio?».

«E figurati che scanto! Noi siamo la Rai, Alfio!».

«Ma tu lo sai il bacino di "Telepanormus"? Tutta la Sicilia occidentale piglia!».

«Basta così, Alfio, non parliamone più».

«Ti faccio notare...».

«E finiscila con 'sta camurria di ti faccio notare!».

«... che tutta l'Italia si è interessata all'omicidio della zita del figlio dell'onorevole! Da quinnici jorni non facciamo altro che parlarne macari noi! E i funerali e lo zito che piange e la matre di lei che non vuole vidiri allo zito mentre il patre se l'abbrazza... E ora che mannano l'avviso di garanzia allo zito...».

«Ma è vera 'sta storia dell'avviso?».

«E io lo dirò che è 'na voci non confermata, vabbene? Stai tranquillo! Lo dirò e lo ripeterò in testa, in mezzo e in coda! Non confermata, non confermata e non confermata!».

«Alfio, niente hanno in mano contro a Manlio Caputo. Cerca di capirlo. Un cazzo di nenti. Indizi, minchiate. Ti pare che non l'ho seguita, 'sta storia? Po' lo lassano libero, arrestano al solito albanisi e a noi, che abbiamo fatto lo scoop, l'onorevole Caputo ci fa un culo tanto. Con tutti i sagramenti, ce lo fa, dato che noi siamo la televisione di Stato!».

«E che significa?».

«Non lo sai ancora doppo un anno che travagli qua? Che prima di dari 'na notizia ci dovemo pinsari quattro volte».

E dato che l'altro faciva la facci offisa, isò la voci.

«Alfiù, te lo sei scordato che se sei arrivato indove sei arrivato, è tutto per merito di questo busto?».

«Non me lo potrei scordare macari pirchì tu provvedi ad arricordarmelo a ogni momento».

«Senti, te lo dico in tutta amicizia: non mi piace per niente il tono che adoperi».

«E manco quello che adoperi tu. Scusami, ma ora devo andare in trasmissione» fici Smecca susennosi.

«Va bene, finiamola qua. Siamo d'accordo, chiaro? La notizia del figlio dell'onorevole Caputo, tu non la dai».

Smecca non arrispunnì e niscì lassanno aperta la porta dell'ufficio.

Ma che gli pigliava, ad Alfio? Chiossà di un anno che l'aviva fatto promuovere e mai 'na discussioni, un contrasto tra loro dù. Lui diciva e Alfio faciva. Sempri d'amuri e d'accordo. Inveci, da tri jorni, con lui non ci si potiva cchiù arraggiunari. O meglio, era pronto a controbattere ogni cosa che gli diciva, a dissentire, a dichiarare che la pinsava diverso. Era completamente cangiato. Forsi che aviva guai con qualichi collega? Gli stavano facenno pressioni? Opuro aviva scoperto qualichi cosa? A quest'ultima supposizione s'allarmò per davero.

«Cate!».

Caterina Longano, la sigritaria, era 'na cinquantina grassa e sudatizza, nubile con matre a carrico, bravissima a fari il misteri sò e si diciva che in gioventù s'era passata tutt'intera la redazione del giornale radio, indove allura travagliava, fattorini compresi. Ma era 'na vera e propia minera di sparlerie, curtigliarate, maledicenze.

«Mi dica, direttore».

«Trasi, chiui la porta e assettati».

Caterina eseguì.

«Senti, da qualichi jorno Alfio mi pari nirbùso. L'hai notato macari tu? Sai per caso che ha? Problemi in redazione?».

«'Nzè» fici Caterina.

«Ce l'ha con me?».

«'Nzè».

Tirò un sospiro di sollievo facenno in modo che la sigritaria non se ne addunasse.

«E allura?».

«Curri 'na vuci».

«Cate, che devo adoperari, le tinaglie?».

«Curri la vuci, ma non so quanto vera, abbadasse, che Alfio sarebbi vinuto a sapiri che Giuditta...».

E con la mano dritta fici il gesto delle corna.

Michele arriniscì a stento a controllarisi. Per picca non era satato dalla seggia. Si sintì assumare 'na striscia di sudore sutta al naso. Ma come?

Con Giuditta, da un anno che durava la loro storia, avivano sempri pigliato tutte le precauzioni possibili e immaginabili.

L'ultima volta che aviva spiduto ad Alfio per una simanata in Libia per 'na mmerdata d'inchiesta sui nipoti dei vecchi viddrani che erano annati ai tempi del fascismo nella «quarta sponda», Giuditta si era trasferita in pieno inverno nella casa di campagna di sò patre in una zona lupigna e persa delle Madonie, che lui ci mittiva tri ore di machina per arrivarci, stari dù orate con lei e tornarisinni 'n Palermo alle quattro del matino.

E quanno la chiamava col cellulare dall'ufficio, stava attento ad aviri davanti il televisore per essiri certo che Alfio sinni stava bloccato in studio a leggiri il notiziario.

E allura come erano arrinisciuti a scoprirlo?

«Si sa... si sa con chi?» spiò talianno a Cate nell'occhi.

Ma quella riggì beni la taliata. Signo che non pinsavano a lui come amanti di Giuditta. E infatti.

«Dicino... che se la fa con un onorevoli».

«Nazionali o regionali?».

«Regionali, pare».

«E cu è?».

«Il nome non lo saccio. Ma se voli, m'informo».

Pigliò un'ariata svagata. Non voliva che la sigritaria si pigliava di sospetto se s'addimostrava troppo interessato alla filama.

«Sì, ma non è che ora ti devi mettiri a fari il commissario Montalbano. Se veni a sapiri il nome, beni, masannò non mori nisciuno. Era sulo per capiri pirchì è accussì nirbùso. Puoi andare e chiudi la porta».

Sullo schermo, passata la sigla e i titoli di testa, comparse Alfio. Allura pigliò dalla sacchetta il cellulare e fici il nummaro.

«Il telefono della persona chiamata potrebbe...» disse la voci fimminina registrata.

Era strammo. Oramà era tacitamente stabilito che lui l'avrebbe chiamata ogni sira appena principiava il notiziario. Ora, in particolare, le voliva assolutamenti rifiriri la voci che curriva. Abbisognava che si vidivano la duminica che viniva, quanno Alfio annava 'n Catania a trovari a sò matre come faciva sempri, in modo di concordare uno o dù posti cchiù sicuri di quelli che avivano fino a quel jorno adopirato per incontrarisi.

Riprovò doppo cinco minuti.

«Il telefono della persona...».

Santiò. Ma pirchì aviva il cellulare astutato? Forsi era annata a cinema?

Ma che ci era annata a fari, se erano d'accordo che si sarebbiro sintuti?

Si misi novamenti il cellulare 'n sacchetta e sollevò il ricevitore.

«Cate? Chiamami a Butera».

Col judici Filippo Butera erano in grannissima cunfidenza.

«Filì? Michele sono».

«Michè, qua, come puoi capire, c'è un casino. Televisioni, giornalisti... Ho picca tempo. Dimmi».

«La notizia dell'avviso non l'ho passata».

«E pirchì?».

«Mah, alle otto ti ho telefonato e non c'eri. Prima di passarla volevo parlari cu tia, essiri sicuro che...».

«Rimedia col prossimo notiziario, masannò dicino che vuoi fari un favore all'onorevole».

E riattaccò. E vabbeni. L'avrebbi data col notiziario delle unnici, come del resto aviva già stabilito.

«Cate? Marcello dov'è?».

«Al palazzo di giustizia».

«Digli di farmi 'na diretta per l'avviso a Caputo per il prossimo notiziario. Avverti a Mancuso».

Gilberto Mancuso era il conduttore dell'ultimo notiziario, 'na pirsona a posto, che sapiva quello che doviva diri, né 'na parola in cchiù né una in meno. Il primo notiziario, quello delle 13 e 30, lo conduciva inveci Marcello Scandaliato, che era macari addetto alle cose della giustizia.

Po', mentri il regionali stava finenno, sintì vibrare nella sacchetta il telefonino. Era Giuditta.

«Ti ho chiamata, ma...».

«Ero sotto la doccia. Non reggevo più con questo caldo. Scusami».

«Per dopodomani tutto a posto? Va a Catania? Sicuro?».

«Sicuro. Se vuoi, possiamo macari fare un'oretta prima».

«Alle quattro, allora, al solito posto?».

«Sì».

«Ti devo parlare».

«Spero non ti limiterai a quello» fici Giuditta arridenno.

Ridiva di gola, 'na risata rauca che gli faciva nesciri 'u senso.

«Senti, hai notato macari tu quant'è nirbùso Alfio in questi jorni?».

«Alfio? Nirbùso? No. Pirchì?».

«Qua lo è. Se ne sono accorti tutti. Tanto che Cate...».

«La troia».

«... Cate mi ha detto che corre 'na vuci».

«E figurati! Che voce?».

«Che Alfio avrebbe saputo che tu lo tradisci».

«Ma va!» fici lei senza mostrari né maraviglia né preoccupazioni. «Ti assicuro che ad Alfio non gli passa manco lontanamente per la testa».

«Ne sei sicura?».

«Sicurissima. E ora ti saluto pirchì sto videnno la sigla di chiusura. E lui telefona subito doppo. Ciao, amore, a dopodomani».

E allura, che aviva Alfio? Qualichi cosa l'aviva, questo era certo come la morti. Gli vinni un'idea che gli parse bona.

«Cate! Dì ad Alfio di viniri da me».

Alfio arrivò, ma non trasì, ristò sulla porta.

«Che vuoi? M'è scappata qualcosa che non andava?».

Minchia, quant'era addivintato aggressivo!

«No. Tutto a posto. Senti, ce l'hai ancora con me?».

«No. Pirchì dovrei avercela? Tu sei il capo, mi dai un ordine e io lo eseguo».

«Vabbeni, ho capito, sei ancora 'ncazzato. Senti, andiamo a cena 'nzemmula e livamo le cose d'in mezzo».

«Stasira?».

«Appena finisce il notiziario delle unnici».

«Stasira propio non posso».

«E pirchì?».

«Pirchì Giuditta e io festeggiamo quattro anni di matrimonio. Annamo fora a cena».

«Vabbeni. Auguri. Allura facemu un'altra volta».

«A domani» disse Alfio.

Ma com'è che Giuditta non gli aviva ditto nenti della ricorrenza? Forsi per non farlo arrabbiari, dato che il festeggiamento, doppo il ristorante, sarebbe sicuramenti proseguito a letto.

Si susì, chiuì la porta, si riassittò, tirò fora il cellulare, fici il nummaro di Giuditta.

«La persona da lei...».

Si stava di certo alliffanno per la nisciuta col maritino. Accussì come si era fatta la doccia non certo per il càvudo che poi non c'era, tutto 'sto gran càvudo. Opuro il gran càvudo lo sintiva sulo lei, 'n mezzo alle gammi.

«Direttore? Al telefono c'è l'avvocato Basurto».

«Passamelo».

«Ciao, Michè».

«Ciao, Totò, dove sei?».

«Al parcheggio. Scinni».

«Quale parcheggio? Il nostro?».

«Sì. Scinni».

«Totò, in questo momento propio non mi posso cataminare. Possiamo fari doppo le unnici e mezza?».

«No. Scinni subito. Facemo come all'ultima volta».

Si susì, niscì dall'ufficio.

«Cate, mi assento per dieci minuti».

Nel novo parcheggio regnava lo scuro. L'avivano finuto di fari manco sei misi avanti e già l'impianto d'illuminazioni si era rumputo quattro volte.

E 'na volta si era macari paralizzata l'asta che isannosi consentiva la nisciuta ed erano ristati tutti 'ntrappolati un'orata.

S'avvicinò alla sò machina, raprì, trasì, richiuì lo sportello. E subito sintì 'na voci alle sò spalli.

«Ccà sugno».

Gli vinni da ridiri.

«Che minchia hai che ridi?».

«Totò, ogni volta che mi fai fari 'sto mutuperio, mi pari d'essiri in un film di gangster».

Basurto sinni stava nel sedile di darrè, ma tutto stinnicchiato in manera che 'na machina di passaggio con i fari addrumati non potiva vidirlo.

«Meno mi vidino cu tia e meglio è» fici Basurto.

Non gli si potiva dari torto.

«Pirchì non hai dato la notizia del figlio di Caputo?» continuò.

«Non era ancora sicura».

«E ora che è sicura?».

«E ora che è sicura la passo alle unnici. Anzi, faccio un collegamento con il palazzo».

«Chi c'è?».

«Marcello Scandaliato».

«Chiamalo e digli di andarci a leggio».

«Senti, Totò, io, nei limiti della ragionevolezza, sono sempre disposto a…».

«Michè, questo è un secunno caso Montesi. Hai

presente? Tutta 'na montatura. Vogliono futtiri a Caputo e sperano d'arrivaricci attraverso il figlio. Parati 'u culu, Michè, pirchì alla fine chi deve pagari il conto, lo paga. Comunque, per sicurezza, telefono a un amico che ho nel palazzo e faccio diri dù paroli a Marcello. Ti saluto».

«Tutto qua? Ma non me lo potivi diri per telefono?».

«Michè, ma non lo sai che hai il telefono sotto controllo? Come mezza cità, del resto».

Sintì lo sportello di darrè che si rapriva e si richiuiva. Contò fino a deci, scinnì e tornò in ufficio.

«Cate, chiamami a Marcello».

«Agli ordini, direttore» disse Scandaliato.

«Senti, Marcè, te l'hanno detto del collegamento?».

«Sì. Tutto pronto».

«Che si dice da quelle parti?».

«Poco fa il pm Di Blasi ha detto che l'avviso di garanzia a Manlio Caputo era un atto dovuto. Che la stampa e i giornali cercassero perciò di non creare il mostro e che le indagini, malgrado l'avviso a Caputo, comunque continuavano a tutto campo».

«A tia come t'è parso? Diciva le solite minchiate di circostanza o era sincero?».

«Boh».

«Ad ogni modo, è stato prudente».

«Su questo non c'è dubbio».

«E l'avvocato Posateri ha parlato?».

«Ha detto che l'avviso se l'aspettava da tempo e che di questa eventualità ne aviva già parlato col sò assistito. Il quali assistito, vali a diri Manlio Caputo, continua a dichiararsi estraneo alla facenna ed è sereno come un cielo d'estati, beato a lui. Conclusioni: massima fiducia nella giustizia con la G maiuscola».

«Marcè, qua mi pare che tutti sono prudenti. Mi raccomanno, seguiamo la stissa linea. Capito?».

«Direttore, non sono nato aieri».

E meno mali che aviva fatto la bella pinsata d'impediri a quello strunzo di Alfio di dari subito la notizia! Era meglio però mittirisi il cchiù possibbili al riparo.

«Cate, c'è Mancuso?».

«Sì, direttore».

«Digli se può venire un momento».

Appena che lo vitti trasire, l'invidiò come gli capitava ogni volta che lo taliava. Ma com'è che quell'omo era sempri inappuntabile, senza manco un capillo fora di posto? Un jorno, caminando con lui supra a 'na strata ch'era un pantano, s'era addunato che mentri le sò scarpi erano cummigliate di fango, quelle di Mancuso erano ristate linde e pinte come nella vitrina di un negozio.

«Assettati, Gilbè. Lo sai già che è previsto un collegamento con Marcello che si trova…».

«Lo ritieni opportuno?» l'interrompì l'altro.

«Beh, è una grossa notizia che…».

«Questo non lo metto in dubbio. Con un collegamento dal palazzo però la notizia verrebbe ulteriormente enfatizzata. E dopo quello che ha detto Giovanni Resta a "Telepanormus" è meglio che teniamo i toni bassi».

«Che ha detto?».

«S'è buttato a testa vascia. Assolutamente colpevolista. Noi non abbiamo peli sulla lingua non teniamo bordone a nessuno... eccetera... eccetera... Senti, ti posso fare una domanda in tutta sincerità?».

«Ma certo!».

«Perché hai sparagnato Alfio?».

«Non ho capito».

«Mi spiego meglio. Hai proibito ad Alfio di fare lo scoop, l'ha detto lui a tutta la redazione. E invece la fai dare a me e ci metti macari il buon peso del collegamento. Perché?».

«Scusami, ma non sei tu il conduttore del notiziario delle undici?».

«Sì, ma perché hai fatto ricadere tutto sopra alle mie spalle?».

«Credimi, Gilbè, non c'è stata nessuna volontà di...».

«Non si potrebbe almeno evitare il collegamento?».

«Tu pensi che sarebbe meglio?».

«Cento volte meglio! Io do la notizia asciutta, la metto penultima e ultimo piazzo il ricordo di Franchi e Ingrassia. Accussì la genti si futti dalle risate e si scorda di quello che ho detto prima».

«Forse non sarebbe male».

«Meglio così, credimi. Se facciamo scarmazzo per questo arresto e po' si scopre che ad ammazzare la picciotta è stato un albanese che se la voliva futtiri, l'onorevole Caputo ci leva la pelli e ne fa palloncini colorati».

«Mi hai convinto. A Marcello l'avverti tu o ci devo pensare io?».

«Tocca a tia che sei il direttore».

Appena Mancuso sinni niscì, chiamò a Cate.

«Avverti a Marcello che il collegamento non si fa più».

«O madre santa! E chi lo sente a Greta Garbo? Quello si porta appresso la valigetta col trucco e s'impupa per mezzora prima di comparire in video! Vorrà sicuramente parlarle, reclamare, farle 'na testa tanta. Che faccio, glielo passo?».

«Manco per idea! Digli che non ci sono».

Passarono deci minuti senza che la sigritaria si faciva viva. Allura la chiamò lui.

«Hai parlato con Marcello?».

«Sì, direttore».

«Ha fatto casino?».

«Per niente. M'aspettavo lacrime e pianti invece ha solo detto va bene».

Una spiegazioni c'era. Di certo l'amico che Totò Basurto aviva nel palazzo era annato a parlargli e l'aviva fatto scantare.

Mancava un quarto alla mezzannotti, quanno finalmenti niscì dall'ufficio.

Gilberto aviva dato la notizia schitta e nitta: *In seguito alle indagini per l'omicidio della giovane Amalia Sacerdote, avvenuto un mese fa a Palermo, è stato questa sera inviato un avviso di garanzia al suo fidanzato Manlio Caputo. Il pm Di Blasi ha detto che si tratta di un atto dovuto e che le indagini continuano a tutto campo.*

E subito appresso era partuto il servizio in memoria di Franchi e Ingrassia.

'Na cosa da pisciarisi addosso.

Due

Era nisciuto dalla sò càmmara e stava salutanno a Cate, che macari lei si priparava per tornarisinni a la casa, quanno il telefono squillò. La sigritaria lassò perdiri specchietto e russetto e arrispunnì.

«Aspetti. Vedo se è ancora nei paraggi».

Misi 'na mano supra al ricevitore e sussurrò:

«Lamantia».

Col dito indici, Caruso le fici 'nzinga che non c'era.

«No, mi dispiace, è già uscito».

«A domani» disse il direttore.

«A domani» fici Cate ripiglianno l'opira di restauro.

Il parcheggio era sdisolato. Non c'era uno che appena finiva di travagliare non sinni scappava di cursa. Lui, inveci, non aviva nisciun motivo di pricipitarisi a la casa.

Macari pirchì non l'aviva cchiù, 'na vera e propia casa. Quanno si era separato da Giulia, la sò ex mogliere, aviva dovuto lassare l'appartamento nel quali abitavano dato che era di proprietà di lei. Si era trasferito in un residence nel quali stava bastevolmente commodo, ma sintiva sempri un senso di provisorietà che gli dava un certo disagio. Da dù anni, a regolari scadenza mensili, diciva a dritta e a manca che ora basta, si sarebbe affittato un vero e proprio appartamento, non potiva cchiù annare avanti accussì e invece all'ultimo momento, quanno un amico gli segnalava una bona occasioni, si tirava narrè, accomenzava a nicchiari. E la pigrizia finiva per aviri la meglio. L'idea, per esempio, di doviri rimettiri a posto i cincomila libri che possidiva e che sinni stavano inscatolati in un deposito, lo faciva aggiarniare.

E accussì, a picca a picca, aviva finuto col tornari alle abitudini di scapolo. Un ristoranti, sempre lo stisso, per il mezzojorno e un ristoranti, sempre lo stisso, per la cena notturna. Ma spisso era 'nvitato da qualichiduno e lui non arrefutava squasi mai, vuoi pirchì cchiù amici hai e meglio stai, vuoi pirchì mangiare sulo l'immalinconiva.

Nei tri anni che era durato il loro matrimonio, Giulia la vita gliela aviva riempita, eccome se gliela aviva riempita, l'aviva abituato mali assà. Lo doviva a lei se aviva potuto fari carrera in Rai. Lì, se non hai santi in paradiso, non ti catamini di un passo. Figlia di un senatore che era 'na vera e propia potenza politica, Giulia aviva principiato ad ammuttarlo appena tornati dal viaggio di nozze. Non passava jorno che non avivano qualichiduno a pranzo o a cena, qualichiduno scigliuto da Giulia con pricisa 'ntinzioni, pirchì avrebbe potuto diri la mezza parola giusta all'omo giusto. 'Nzumma, sò mogliere l'aviva praticamente pigliato per mano e gli aviva ditto in ogni momento quello che doviva fari e quanno lo potiva fari. Po' un jorno, all'improviso, non aviva cchiù sintuto la mano di Giulia nella sò. E nei dù misi appresso si era fatto pirsuaso che le stava capitanno qualichi cosa di serio, ma non aviva trovato il coraggio di spiarglielo. 'Na sira, mentri stavano mangianno, lei gli aviva detto con tutta semplicità:

«Mi sono innamorata».

Lui era agghiazzato. Non aviva avuto la forza di raprire vucca. Aviva riparlato lei, continuanno a mangiarisi la minestrina.

«È una cosa seria, Michele. Ho bisogno di riflettere, di starmene sola per qualche giorno».

«Dove vuoi andare?».

«Non so. Forse a Roma, da papà. Ma non credo che…».

«Guarda, se vuoi, posso andarmene io. Sai dove trovarmi se hai qualcosa da dirmi».

«Forse è meglio così».

Era annato nella càmmara di letto, si era priparato 'na valigia di furia, era annato a dormiri in albergo.

Da quella sira non aviva cchiù mittuto pedi in quell'appartamento. Giulia 'na simanata appresso gli aviva comunicato la sò decisioni irrevocabile. E al posto sò, in quella casa, in quel letto, ora ci stava Massimo Troina, un avvocato di successo che s'avviava a fari politica all'ùmmira del senatore, l'onnipotente patre di Giulia. La facenna aviva fatto 'na certa rumorata sulo per qualichi misi, po' tutti s'erano abituati a vidiri a Massimo e a Giulia sempri 'nzemmula, non s'ammucciavano, non facivano mistero della loro relazione e accussì lui era stato praticamente scancillato come sò marito. Ma ufficialmente, no, non lo era stato. Una vol-

25

ta, passati sei misi dalla separazione, e dato che lei non si era fatta viva, le aviva telefonato:

«Senti, vuoi che iniziamo le pratiche?».

«Papà dice che sarebbe meglio evitare».

Certo che per lui era meglio evitare. A ogni avvicinarisi di elezioni, non c'era parrino del collegio elettorale che non lo raccomannava ai parrocciani per farlo rieleggiri. E infatti viniva rieletto con un subisso di voti. Il divorzio della figlia potiva fari calare l'entusiasmo di parrini e divoti e i sò avversari se ne sarebbero di certo serviti come un'arma.

«A meno che...» aviva principiato lei.

«Continua».

«A meno che tu non voglia... che so, regolare... se per caso hai trovato un'altra che ritieni...».

Per la prima volta l'aviva sintuta esitare parlanno.

«Non ho trovato nessuno».

E aviva chiuiuto la telefonata.

Difficile attrovare un'altra che potiva stare alla pari di Giulia e assai cchiù difficile farisilla nesciri dal sangue. Quante nottate aviva passate ad arramazzarsi nel letto solitario del residence pinsanno a lei e quante nottate aviva perso tentando invano d'attrovare nel corpo di un'altra fìmmina 'na minima ùmmira di lei!

Ma la dimanna che si era fatta subito appresso a quella telefonata era stata un'altra. Come mai Giulia non aviva nisciuna 'ntinzioni di principiare 'na pratica che le avrebbe pirmisso alla fine di maritarisi con Massimo? Le stava meglio fari l'amante chiuttosto che la divorziata per non portare danno al patre? Opuro c'era 'na qualichi altra scascione che lui non accanosceva? A quanto arrisultava, Massimo Troina non era mai stato maritato. E allura? Ma doppo qualichi tempo, quella dimanna non se l'era cchiù fatta.

«Buonasera direttore» lo salutò Virzì raprennogli la porta del ristorante.

S'assittò al solito tavolo già conzato per uno. Quella sira c'era picca genti, quel tanticchia di càvudo faciva scegliri ristoranti coi tavolini fora, mentre Virzì ancora non si era addeciso ad occupare il marciapedi.

«Non ho pititto, perciò non voglio il primo».

«Ho una rana pescatrici che è 'na squisitizza».

«Vabbè».

Non fici a tempo a tirare fora il giornale dalla sacchetta che vitti trasire a Gabriele Lamantia.

«Mi posso sedere, direttore?».

Gli potia diri di no? Ma per fargli accapire che la cosa non gli faciva tanto piaciri, fici 'nzinga con la mano verso la seggia che aviva davanti, senza parlare.

«Ti ho cercato in ufficio, ma eri appena uscito».

«E ora sono qua. Dimmi».

Po', siccome si era addunato di essiri stato scortese, arriparò. Era sempri meglio tinirisillo amico a un fituso come Lamantia, capace d'invintarisi supra a 'na pirsona le cose più incredibili e annare a vinnirisille come virità di vangelo.

«Mangi con me?».

«Grazie» arrispunnì quello isanno 'stantaniamenti un vrazzo per chiamare un cammarere.

Non s'aspittava altro. Campava a scrocco, Gabriele Lamantia. Diciva di essiri un giornalista, ma non arrisultava che un giornale avissi mai ospitato un articolo sò. Era come Cate, 'na minera di filame, di notizie vere e 'nvintate, di malignità, di gossip per dirla alla miricana, sulo che lui con quelle ci campava. Le arrifiriva a chi interessavano e doppo, se quelli sinni sirvivano in un qualisisiasi modo, lo pagavano. E lui tirava avanti. Se Lamantia l'aviva circato in ufficio e po' l'aviva raggiunto al ristorante, era signo che aviva qualichi cosa da dirgli. Sulo che non parlava, dato che si stava sbafanno un piatto di pasta con le vongole. Ma Caruso non aviva nisciuna gana di pigliare l'iniziativa. Meglio non ammostrarsi mai troppo 'ntirissato. Lamantia parlò alla fine, quanno si fu vivuto macari il cafè.

«Corre voce che l'onorevole Caputo ha deciso di cangiare l'avvocato del figlio, che era Emilio Posateri. Lo sapevi?».

«No. E a chi darebbe l'incarico?».

«Te lo dico a gratis. A Massimo Troina».

Ignazio Caputo, al principio della sò carrera, si era arrollato nel partito socialista ed era già stato tri volte deputato quanno i judici milanisi avivano mannato a catafuttirisi il sò partito. Ma per Ignazio Caputo quella non era stata 'na tragedia, i sò elettori l'avrebbero continuato a votare macari se addivintava monarchico o comunista. Possidiva 'na tali quantità di terre che lui stisso si definiva scherzevolmente, ma non tanto, l'ultimo latifondista. Un jorno la polizia aviva arristato a quinnici mafiosi che si erano radunati in una casa di campagna di Caputo e qualichiduno aviva accomenzato a nesciri filame supra al fatto che erano assà i mafiosi che votavano per lui e che una delle sò terre era addivintata pascolo esclusivo di un capo mafioso latitante. Caputo si era dichiarato allo scuro di tutto: i tri quarti delle sò terre non erano coltivati, e che potiva sapiri lui di quello che capitava in quei lochi abbannunati?

Sdignato da quelle insinuazioni, aviva querelato a dù giornalisti, aviva vinciuto e li aviva fatti ghittare fora, mittenno il direttore del giornali davanti a un bivio: o il licenziamento dei colpevoli o il pagamento di 'na somma tali che il giornali sarebbe annato in fallimento.

Accogliuto a vrazza aperte dai comunisti («non posso tradire gli ideali di una vita») li aviva seguiti in tutti i cangiamenti che il partito aviva fatto a mano a mano e ad ogni cangiamento la sò posizione si era rafforzata sempri chiossà, tanto da addivintari il nummaro uno nell'isola.

La scelta di Massimo Troina come difensori del figlio – riflittì Caruso mentri tornava in machina al residence – era 'na mossa 'ntelliggenti. In un certo senso, dato che Troina era il pupillo del senatore Gaetano Stella, il patre di Giulia, vale a diri l'equivalente di Caputo nel partito avverso, quello nasciuto come la fenice dalle cinniri della DC, la mossa sirviva a «spoliticizzare» l'accusa fatta al figlio. La spogliava di ogni possibile sfumatura di parte, la mittiva nuda e cruda davanti ai judici e agli investigatori.

Diciva a loro: trattate questo caso come un qualisi-siasi delitto, senza implicazioni politiche. Ma nello stisso tempo sottintendeva: tiniti però presenti che persino un avversario politico come Troina ne ha voluto pigliare le difise.

Macari stavolta Caputo non aviva smentito la sò abilità. Ma Troina, o meglio, il senatore Stella, si sarebbe prestato a quel joco? Troina avrebbe accettato l'incarrico?

Quanno si corcò, e ripinsò a quello che avrebbe potuto fari Troina, di colpo gli vinni a menti che capace che Massimo 'nni stava in quel momento parlanno con Giulia. Se li vitti a tutti e dù corcati nel letto, capace che avivano finuto allura allura di fari all'amuri... Se avissi avuto allato a Giuditta, almeno si sarebbe potuto sbariare. Ma macari Giuditta capace che in quel momento s'arrutuliava nel letto con Alfio per festeggiare l'anniversario. La meglio era raddoppiare la dosi di sonnifero.

Il giornali radio del matino gli levò ogni dubbio. Massimo Troina aviva accettato la difisa di Manlio Caputo. Si era arrefutato però di rilassare dichiarazioni. La riunione di redazione era fissata, come al solito, alle deci. In genere, a quella matutina, lui non ci annava dal principio, sapiva che ai giornalisti ci voliva minimo minimo un'orata per accomenzare a raggiunari, epperciò s'apprisentava verso le unnici. Inoltre questo gli pirmittiva di telefonarisi con Giuditta, dato che Alfio alle novi e mezza era già in ufficio. Squillò il telefono. Era Totò Basurto.

«Posso acchianare?».

«Dove vuoi acchianare?».

«Da te. Ti sto telefonanno dalla portineria. Per ora non c'è nisciuno. E prima mi levo da qua, meglio è».

«Acchiana».

Raprì la porta, annò in bagno, si misi l'accappatoio dato che era in mutanne. Che minchia di ura per prisintarisi! Manco erano le otto e mezza!

«Salutamu» fici Basurto chiuiennosi la porta alle spalli.

«Totò, ma ti rendi conto che non mi sono ancora fatto la varba?».

«Il cafè te lo pigliasti?».

«No».

«Fanne portari dù».

Caruso telefonò.

«Veni in bagno con mia. Parlamo mentri mi fazzo la varba».

Basurto s'assittò sull'orlo della vasca.

«Haiu un incarrico».

«Da parte di chi?».

«Se sei 'ntelligenti, lo capisci da sulo».

«Vabbeni, parla».

«Sei piaciuto».

«A cu?».

«Bih, che camurria!».

«Pirchì sono piaciuto?».

«Per come ti sei comportato aieri a sira».

«E che ho fatto?».

«Non per quello che hai fatto, ma per quello che non hai fatto».

«E cioè?».

«Per esempio, hai annullato la diretta».

«Capace però che in uno dei notiziari di oggi dovrò farla».

«E tu falla, chi ti dici nenti? Però…».

«Però?».

Tuppuliarono alla porta.

«Vai a rapriri» disse Basurto.

Erano i cafè. Se li vippiro. A portari il vassoio fora dal bagno fu Basurto.

«Però?» ripigliò Caruso.

«Però c'è modo e modo, giusto?».

«Totò, sei vinuto a farimi la lizioni?».

«Nisciuna lizioni, Michè. Tu non hai da 'mparari nenti da nisciuno. Sulo che ora come ora è meglio mantinirisi equidistanti. Po' si vidi».

«Ma io devo essere equidistante per forza, Totò!».

«Bravo».

«Forsi che la nomina di Troina cangia qualichi cosa?».

«Per tia la cangia?».

«Che ci traso io?».

«Come, non ci trasi? Massimo Troina non campa con tò mogliere?».

«E che ci accucchia? Io voliva sapiri se la nomina cangia qualichi cosa nel quatro ginirali».

«Certo che la cangia, Michè. Grazie del cafè. Ti saluto».

Caruso s'infilò sutta alla doccia, niscì dal bagno vistuto e pronto per annare in ufficio che erano le novi e un quarto. E in quel momento il telefono squillò novamenti.

«Ti ho chiamato io perché devo uscire di corsa» fici Giuditta.

Gli vinni gana di spiarle com'era annata la nuttata con Alfio, po' esitò pirchì sarebbe sicuramenti finita a sciarriatina, ma non ebbi tempo di raprire vucca pirchì lei continuò:

«Riesci a essere libero oggi dalle tre alle sei? Io ce la farei perché Alfio m'ha detto che ha un impegno all'assemblea regionale per quelle ore».

«Al solito posto?».

«Sì. Ciao, amore, a più tardi».

«Ha sentito la notizia, direttore?» gli spiò Cate appena trasì in ufficio.

«No. Che notizia?».

«L'avvocato Troina è stato nominato».

«Quella la sapevo già da ieri» fici indifferenti lassanno a Cate a vucca aperta.

Quanno comparse nella sala riunioni, Alfio e i sei redattori prisenti lo taliarono ammaravigliati. La sò prisenza inaspittata li mittiva a disagio.

Forsi che la prima ura la passavano di solito a sparlare di lui?

«Fate come se non ci fossi».

Si misi in un angolo del longo tavolino a leggiri i giornali. Ma tiniva le oricchi appizzate.

«Ci sono stati sviluppi?» spiò Alfio a Marcello Scandaliato.

«Beh, è stata confermata la notizia che il nuovo avvocato difensore di Manlio Caputo sarà Massimo Troina».

Alfio isò la testa e detti 'na taliata fulminea a Caruso, il quali se la sintì addosso ma fici finta di nenti.

«Va bene, lo diremo di passaggio» disse Alfio.

Pariva meno murritioso della sira avanti, meno nirbùso. Probabilmente il grannissimo cornuto risintiva degli effetti distensivi della nuttata commemorativa – pinsò Caruso.

«Un momento» intervinni Giacomo Alletto, lo spicialista di nera. «Non mi pare 'na cosa trascurabile».

«E pirchì?».

«Numero uno, pirchì non sono state spiegate le ragioni della sostituzione e numero due pirchì, politicamente, qualche cosa deve significare».

«Giacomì, se la pigliamo sotto questo aspetto» fici Gilberto Mancuso «finiamo in una fogna. Troina dirà che l'ha fatto perché in un caso come questo non conta il colore politico. Gli facciamo fare 'na bella figura e la cosa ci si ritorce contro».

«Io oggi dopopranzo vado all'assemblea regionale, c'è la discussione sulle concessioni di trivellazione a 'na società americana. Merita un servizio serio e circostanziato» disse Alfio.

«A chi ti porti?».

«A Gurreri con Malfitano».

Erano rispettivamente il migliore operatore e il meglio fonico.

«E a mia a chi mi date?» spiò Scandaliato.

«Tu hai a disposizione a Ferrara» disse Alfio.

Doppo 'na mezzorata, la riunione stava per finiri quanno trasì Cate.

«Hanno telefonato dallo studio dell'avvocato Troina. Alle dodici e mezza, conferenza stampa».

«Voglio a Gurreri e Malfitano» fici subito Scandaliato.

Alfio s'arrisintì.

«Abbiamo deciso che...».

«Facciamo come avevamo stabilito» 'ntervinni Caruso.

Si era scantato che Alfio, non avenno la sò squatra, cangiava idea e mannava all'assemblea qualichi altro.

«Forse, data l'importanza, è meglio che alla conferenza stampa ci vada io» disse all'improvviso Alfio.

Scandaliato aggiarniò di raggia. Tutti si voltarono a taliare al direttore. Il quale isò l'occhi dal giornali e arripitì:

«Facciamo come avevamo stabilito, picciotti».

E po', rivolto a Scandaliato:

«Marcè, guarda che voglio il collegamento in diretta. 'Sta conferenza me la voglio sentiri macari io».

«Direttore, c'è in linea il dottor Guarienti».

«Passamelo».

Era il direttore di tutte le testate regionali. Passava per essiri un omo brusco che diciva sempri quello che pinsava. Passava, pirchì quello che pinsava non lo pinsava pirchì ne era convinto, ma pirchì accussì in quel momento gli conveniva.

«Ciao, Michele».

«Ciao, Arturo».

«Senti, vengo subito al dunque. Ieri, nel notiziario di prima serata, hai bucato».

«Ti riferisci all'avviso di garanzia per Manlio Caputo?».

«Esattamente».

«Come l'hai saputo?».

«Me l'hanno detto».

«Guarda, Arturo, che non l'ho fatta passare a ragion veduta».

«Spiegati meglio».

«Al momento dell'andata in onda, non avevamo nessuna conferma ufficiale dell'avviso. Ho preferito non rischiare una clamorosa toppata. Quando ho avuto la conferma, ho passato la notizia in quello delle ventitré».

«Ci stai andando cauto, eh, Michele? Comunque, grazie della spiegazione, riferirò».

Quella telefonata fitiva d'abbrusciato lontano un miglio.

Chi potiva aviri avvertito a Guarienti? Quel grannissimo cornuto di Alfio? Vuoi vidiri che quella mezza calzetta voliva fargli le scarpi? Ma no, Alfio e Guarienti si erano viduti 'na sula volta. Sapiva con cirtizza che tra i dù non c'erano rapporti. La cosa veramenti 'mportanti era invece una: a chi doviva riferiri Guarienti? A qualichiduno della direzione generale, certo. Allura della facenna si occupavano macari i piani alti? In questo caso, altro che annaricci cauto, abbisognava mittirisi le scarpi di chiummo, quelle adoperate dai palommari.

Tre

Michele Caruso non aviva mai avuto occasioni di sintiri parlare in pubblico a Massimo Troina. L'aviva qualichi volta incontrato in casa d'amici prima che Giulia s'innamorasse di lui e l'aviva giudicato un omo colto ed eleganti. Stavolta invece ristò 'mpressionato già fin dalle prime parole che quello disse.

Aviva un tono ironico, ma era un'ironia accussì liggera che non faciva l'effetto di 'na provocazioni, anzi era, come dire, sdrammatizzante. 'Na pirsona certamenti di grossa intelligenza, abili, disinvolto, sicuro. In qualichi parti sigreta di se stesso, assurdamente sinni rallegrò. Giulia non l'aviva lassato per uno strunzo qualisisiasi.

Troina aviva accomenzato dicenno che una volta, quanno in una casa di benestanti avviniva un furto, la prima pirsona che la polizia arristava era il maggiordomo. Appresso, arrisultava che il furto l'aviva commesso un nobile che frequentava la casa, ma intanto il maggiordomo si era fatto un anno di galera. Adesso, aviva proseguito, le cose erano in parte cangiate. Appena s'attrovava 'na picciotta schetta morta ammazzata, era vinuto di moda l'immancabile avviso di garanzia allo zito, che aviva pigliato il posto del maggiordomo. Era la nova consuetudine. Sulo che ora non si potiva arristare a uno tanto facilmente, epperciò gli si mannava un avviso di garanzia. Nel caso spicifico, il pm aveva dichiarato che era un atto dovuto. Ma dovuto a chi? Alla moda del momento? E po' l'atto dovuto, l'avviso di garanzia, non si trasformava immediatamenti, grazie ai giornali e alle televisioni, in qualichi cosa ch'era pejo di una cunnanna? Non addivintava un vero e propio linciaggio? Lui perciò si augurava che le notizie attorno a quel caso sarebbero state imparziali, macari se c'era già stata una televisione locale che aviva pigliato posizione stabilenno che Caputo era senza dubbio colpevole. Invece la cosa stava in termini completamenti opposti: Caputo era senza dubbio 'nnuccenti. E lui, Troina, ne era accussì convinto d'aviri immediatamenti accettato la difisa di Caputo quasi con un senso di gratitudine verso chi gliela aviva offerta.

Gli indizi, indizi sottolineò, e non prove, che portavano a Manlio Caputo erano accussì labili da non reggere a una verifica fatta con attenzione maggiore di quanta polizia e magistrati ne avivano 'mpiegata fino a quel momento.

«Lei ci sta dicendo che polizia e magistrati hanno svolto le loro indagini con una certa superficialità?» spiò Maravacchio del «Sicilia».

Figurati se Troina cadiva in un trainello di quel tipo!

«Non intendevo assolutamente questo. Ho detto che quegli indizi vanno riguardati nuovamente alla luce di un avviso di garanzia. Che è una cosa estremamente seria, perché una certa quantità di elementi vaghi e tra loro sconnessi, a un certo momento vengono assemblati e tradotti in un atto concreto. E proprio quest'atto concreto, l'atto di garanzia, obbliga a un minuzioso riesame degli elementi che l'hanno generato».

«E come si dovrebbe procedere, secondo lei?» spiò Aurora Campisi di «Telepanormus».

«Innanzitutto, per cominciare, sono da cancellare gli aloni».

«Può chiarire questo concetto?» spiò Scandaliato.

«Porto un esempio. Se un tale, che è stato già in precedenza sospettato di un omicidio, riceve un avviso di garanzia per un nuovo omicidio, è chiaro che attorno a lui c'è l'alone del sospetto precedente».

«Non mi risulta che Manlio Caputo in passato sia stato sospettato di avere ammazzato una fidanzata» disse Corrado Panna del «Giornale di Sicilia» che faciva sempre lo spiritoso.

E infatti tutti arridero. Macari Massimo Troina sorridì.

«Vuole che chiarisca meglio? Volevo semplicemente dire che se gli indizi a carico sono stati osservati con la lente d'ingrandimento, ora è bene esaminarli al microscopio».

«Dunque lei esclude che gli indizi siano stati osservati a occhio nudo» disse Saverio Moncada, corrispondente del «Corriere della Sera», indubbiamente il più acuto dei presenti.

Non era una dimanna, era 'na conclusioni. Caruso

l'ammirò. Moncada sapiva stari a paro con Troina. Con quella semplici frase costringeva all'avvocato a nesciri allo scoperto. La lenti d'ingrandimento, aviva ditto Troina. Un oggetto che ingrandiva le cose. Che non te le ammostrava nelle misure, nelle proporzioni giuste. E polizia e magistrati avivano a bella posta voluto vidiri le cose ingrandite pirchì si trattava di un indiziato figlio di un politico 'mportanti? Troina sorridì, avenno accapito indove Moncada annava a parare. E seppi girare l'osservazione di Moncada a sò favori.

«Ho detto lente d'ingrandimento, e non occhio nudo, solo per sottolineare lo scrupolo col quale le indagini sono state condotte. Se qualcuno però vuole trovare significati reconditi nelle mie parole, io non posso certamente impedirglielo».

Ma intanto l'aviva nominata, la lenti d'ingrandimento. E quelle erano paroli che tutti i giornalisti avrebbero riportato.

Appresso ci furono dù o tri dimanne senza 'mportanza e la conferenza finì. A Caruso il senso della mossa di Troina fu chiaro: era stato mannato un avvertimento alla procura. Aloni, lente d'ingrandimento... Tradotti, vinivano a significare: se fino a questo momento avete agito facenno finta che la politica nel vostro operato non ci trase, badate a come vi caminate d'ora in poi. Abbiamo capito il vostro joco, le carte che aviti in mano, e siamo in condizioni di rilanciare.

«Come si è comportato oggi Alfio?» gli spiò Giuditta.

Stavano tutti e dù nudi supra al letto e fumavano. Oramà era addivintata abitudini la pausa sigaretta prima del secunno round che in genere era più furioso del primo e con una maggiore abbunnanza di colpi bassi.

«Era più calmo. Si vede che stanotte l'hai addomesticato bene».

Giuditta fici finta di non aviri sintuto.

«Cos'è la storia che m'hai accennata per telefono che Alfio avrebbe scoperto che noi due...».

«No, non noi due».

«Scusami, allora non capisco».

«Cate mi ha detto che corre voce che Alfio avrebbe saputo che tu lo tradisci con un onorevole».

«Con un onorevole?!».

Pariva sinceramenti 'mparpagliata. Ma vatti a fidare di 'na fìmmina come a Giuditta.

«E chi sarebbe?».

«Non lo sa».

«Ma onorevole di qua o nazionale?».

«Manco questo sa».

«E tu ci credi?».

«Dimmelo tu, se ci devo credere o no».

«Michè, vuoi smurritiare? Tu lo sai quanti onorevoli conosco e chi sono. Vuoi ripassarti l'elenco? Sì? Giuffrida che ha settant'anni, Palumbo al quale non piacciono le donne, Costanzo Geraci che...».

«Va bene, va bene. Però la cosa non mi piaci lo stisso».

«In che senso?».

«Nel senso che non vorrei che se comincia a circolare la voce che hai un amante finissero col risalire a me».

«Ti scanti d'essiri compromisso?».

«Mi scanto che possano nasciri difficoltà per noi dù».

Lei, ghittata la sigaretta, allungò 'na mano amorevoli e tastiò a controllare il punto di cottura, come usava chiamarlo.

«Mi pari che ci manca picca».

Ma Michele era ancora prioccupato.

«Tu 'sta facenna di Alfio la stai piglianno suttagamma».

«Io la facenna di Alfio, ammesso e non concesso che la piglio, non la piglio certamenti sutta alla gamma».

E arridì. E la risata fici a Michele l'effetto cognito, a malgrado dell'evidenti allusione ai rapporti col marito. Forsi per questo il secunno round, che accomenzava di solito con lei agginucchiata supra al letto e la facci affunnata nel cuscino, fu 'na speci di duello all'ultimo sangue dal quali non arrisultò vincitore nisciuno dei dù.

Quanno Giuditta niscì nuda dal bagno, Michele s'addunò che aviva il signo di un muzzicuni supra alla parti di darrè della spalla mancina e di un altro supra alla natica destra.

«Ti sei accorta che hai...».

«Sì, ma non ti preoccupare».

E principiò a rivistirisi. Che viniva a diri? Che non aviva l'abitudini di spogliarisi davanti ad Alfio? Opuro che avivano rapporti tanto laschi che i segni avrebbero avuto tutto il tempo di scompariri? E se avissi dovuto aviri un incontro con l'ipotetico amanti onorevoli? Forsi la storia che gli aviva contato Cate era sulo 'na filama inconsistenti. Le spiò, ma tanto per parlari:

«Alfio ti ha accennato allo scontro che abbiamo avuto aieri a sira?».

«A proposito dell'avviso di garanzia? Mi ha fatto 'na testa tanta!».

«Che ti ha contato?».

«Tutto, sostinenno che l'hai censurato per opportunismo».

«Cioè?».

«Che non ti vuoi fari nimico a Caputo».

«Ma figurati se io bado a...».

«Non t'incazzare, Michè, ma se le cose stanno come me le ha contate lui, tanto torto, mischino, non aviva. Hai dato quest'impressione».

«Ma se non era 'na cosa sicura!».

«Che vuoi che ti dica. E poi non lo sai che lui ce l'ha a morti con l'onorevole Caputo?».

Questa gli viniva nova.

«No, non lo sapevo. Pirchì?».

«Pirchì quanno Alfio stava alla "Gazzetta", prima di trasire in Rai, Caputo lo querelò per aviri riportato 'na storia di telefonate e vincì».

La dimanna che fici gli scappò, spontanea, senza che ci avissi riflittuto.

Forsi per effetto di 'n'associazioni d'idee o di un'intuizioni.

«A proposito, sai se aieri a sira ha ricevuto qualichi telefonata 'mportanti?».

Lei lo taliò tanticchia sorprisa mentri s'abbuttunava la cammisetta.

«Come lo sai?».

«L'ha ricevuta o no?».

«Mentri eravamo al ristoranti, ricivì 'na chiamata al cellulare e per arrispunniri si susì e niscì fora. Cosa che non aviva mai fatto prima».

«Fammi capire. Quanno riceve 'na chiamata e tu per caso sei presente, parla davanti a tia?».

«Sì. Ma stavolta no».

«E non ti sei ingelosita?».

«Non credo che era la telefonata di un'amante. Non è cosa di Alfio» spiegò arridenno.

«Quindi non hai potuto sentire niente».

«Nenti. Pirchì?».

«Così».

«Senti, ora devo proprio scappare».

Si calò a vasarlo a lingua 'n vucca.

«Ci vediamo domani alle quattro, qua».

«Direttore, l'ha cercata la signora Pignato. Dice se la richiama».

«È tornato Alfio dall'assemblea?».

«Ha chiamato, sarà qui a momenti».

«Dì a Marcello di venire da me. Però aspetta che abbia telefonato alla Pignato».

Mariella Pignato e Giulia erano amiche di 'na vita. Quanno Giulia l'aviva lassato, Mariella aviva continuato a invitarlo nella sò casa, ma sempri facenno in modo che non si incontrasse con la ex mogliere e il sò novo compagno. Macari stavolta si trattava di un invito a cena, si misiro d'accordo per il lunnidì che viniva. Po' arrivò Marcello Scandaliato.

«Hai montato il servizio sulla conferenza stampa?».

«Sì».

«Come?».

«Se lo vuoi vedere...».

«No. Basta che me lo dici».

«Ho fatto 'na speci di sunto delle dichiarazioni di Troina e ci ho messo 'na sula dimanna con relativa risposta».

«Quale dimanna?».

«Quella che gli ha fatto Moncada».

«Taglia la dimanna di Moncada e la risposta, lassa sulo il sunto».

«Direttore, ma quella è la cosa più importante che...».

«Lo so benissimo. Ma potrebbe pariri un favoritismo».

«A chi? Alla procura?».

«No. All'occhi degli altri giornalisti. Perché Moncada sì e la Campisi o Panna no? Figurati! Chi li sente, doppo? Marcè, 'sta storia è già camurriosa di per sé. Non aggiungiamo piccole camurrie a 'na grossa camurria».

«Come vuoi tu».

«Ci sono novità?».

«Sì. La famiglia della picciotta ammazzata si costituirà parte civile. L'ha annunziato l'avvocato Seminerio».

45

«Ma l'avvocato della famiglia non era Vallino?».

«L'hanno cangiato».

Era priciso 'ntifico a un joco di scacchi. Appena si cataminava un pezzo, scattava la contromossa dell'avversario. E non si trattava di jocare con le pedine, ma di fari scinniri in campo torri, alfieri e cavaddri. Però c'era qualichi cosa che non quatrava nella nomina di Seminerio.

Pirchì Adolfo Seminerio era un grannissimo amico dell'onorevole Caputo.

Com'è che tutto 'nzemmula gli si mittiva contro? A meno che...

«Seminerio ha fatto il nome di Manlio?».

«Non l'avrebbe potuto manco fare, perché Manlio ha solo ricevuto un avviso di garanzia. Ha detto genericamente che la famiglia si costituirà parte civile contro l'assassino».

Liquitato Scandaliato, trasì Alfio.

«Com'è andata all'assemblea?».

«È stato un dibattito interessante. Il novanta per cento è, a parole, per il no, ma ho l'impressione che, al momento del voto, ci sarà 'na maggioranza trasversale per il sì».

«È pronto il servizio?».

«Sì. Lo vuoi vedere?».

«Mi fido di te. Ricordati che c'è 'na cena in sospiso, tra noi due».

«Stasira, se vuoi...».

«No, stasira non posso, tu domani, domenica, non ci sei, vero?».

«No, torno troppo tardo da Catania».

«Io lunedì ho un invito, facciamo martedì».

Alfio sinni niscì. Aviva confermato la possibilità dell'incontro con Giuditta.

«Cate, chiamami prima a Lo Bue e po' a Lamantia».

Doppo cinco minuti Cate gli fici sapiri che al centralino della questura gli avivano risponnuto che il dottor Lo Bue era fora servizio, mentri Lamantia era in linea.

«Gabriè, ci veni a mangiare con mia come aieri a sira?».

«Certo».

«Allura a più tardi».

Appena accomenzò il notiziario chiamò a Giuditta al cellulare. Ma non ebbi risposta. Stavolta però non s'innerbusì, tanto sull'appuntamento del jorno appresso non avrebbero dovuto essiricci problemi. Però glielo avrebbe ditto a Giuditta di farisi attrovare alla telefonata delle otto e mezza. Potiva sempri capitare qualichi cosa.

«Direttore, c'è il dottor Lo Bue».

«Michè, in questura m'hanno detto che m'hai cercato».

«Sì, Giugiù, ho bisogno di parlarti».

«È un problema, Michè. Io stasira parto per Roma e resto fora tri jorni. È cosa urgente?».

«Sì».

«Facciamo accussì. Sono le otto e trentacinco. Tu per le novi e deci massimo puoi essiri nel bar sutta casa mia? Ci siamo già stati altre volte».

«Certo».

«Stiamo 'nzemmula 'na mezzorata e poi io minni vaiu a Punta Raisi».

«Cate, io devo uscire. Ma al massimo per le unnici torno. Se c'è qualichi cosa, chiamami al cellulare».

Mentri in machina s'addiriggiva all'appuntamento, lo chiamò Giuditta.

«Ma com'è che stai piglianno l'abitudini di non arrispunniri alla chiamata delle otto e mezza?».

«Fai un servizio tu personalmente sul traffico e avrai la risposta».

Aviva la voci affannata.

«Come stai? Ti sento respirare strammo».

«L'ascensore è rotto e mi sono fatta cinco piani di cursa. Lo sai che oggi, appena ti ho lassato, m'è tornata 'na tali voglia...».

«Ce la fai a resistere fino a domani doppopranzo?».

«Cercherò. Me lo dici che mi fai domani?».

«Giudì, sto guidanno!».

Lei arridì e chiuì.

Trasì nel bar e non vitti a Lo Bue.

«Il dottore l'aspetta nella saletta» gli fici il cammarere.

La porta della minuscola saletta era 'nsirrata. Michele la raprì, Giugiù era l'unico clienti e stava assittato a uno dei tri tavolini.

«Trasi e chiui. Qua possiamo parlare tranquillamente, non faranno trasire a nisciuno».

S'abbrazzaro.

«Pigli qualcosa?» spiò Giugiù che aviva davanti un whisky liscio.

«Non ho gana di nenti».

«Allura dimmi».

«Senti, Giugiù, lo so che le indagini sull'ammazzatina della zita di Manlio Caputo non le hai fatte tu. Ma tu di certo ne sai chiossà di quanto ne possa sapiri io. Le dimanne sono dù. La prima è: che hanno in mano per aviri mannato l'avviso di garanzia? E la secunna è: qual è il tuo parere pirsonale?».

«Come mi stai parlanno?».

«Non ho capito».

«Mi stai parlanno da giornalista o da amico?».

«Che dimanna! Da amico!».

«E pirchì senti il bisogno di sapirni di più?».

«Pirchì più cose saccio e meglio mi paro il culo. 'Sta storia è pericolosa per tutti, macari per chi ne deve dari notizie».

«Ho capito. Dunque, Amalia Sacerdote era 'na studintissa di liggi qua all'università. Aviva vintitri anni e da dù anni era zita con Manlio Caputo. Lei, che è figlia di Antonino Sacerdote, il segretario capo dell'assemblea regionale, ha ottenuto l'indipinnenza e vive in un appartamento che il patre le ha affittato. A un certo punto i proprietari dell'appartamento le fanno sapiri che ne hanno bisogno e quindi lei lo deve lassare. Allura lei accomenza a circarne un altro. E qui principiano i guai».

«Pirchì?».

«Pirchì Manlio è giluso e l'idea che Amalia continui a stare da sula non gli piace. Propone perciò alla zita di approfittare dell'occasione e annare a vivere 'nzemmula. Ma lei da quell'orecchio non ci sente. Dice che ancora non è matura per una convivenza. Trova un appartamento che le piace e se l'affitta. Manlio sostiene che in quell'appartamento non ci è mai voluto andare per ripicca. Però quanno Amalia ha finito di traslocare, pone 'na pricisa condizione: da quel momento in poi, se Manlio vuole fari all'amuri con lei, deve annare nella sò nova casa. Il picciotto resiste per qualichi tempo e po' non ce la fa più. Una matina, verso le deci, le telefona. Si mettino d'accordo che lui passerà a pigliarla verso le otto e mezza, che andranno 'nzemmula a cena e che doppo lui resterà la notti con lei. Senonché, quanno lui la va a pigliare, trova la porta aperta e a lei ammazzata. Ti è chiaro tutto?».

«Sono cose che sapevo già. Al notiziario ne abbiamo parlato cento volte».

«Allura ora ti dico la parti che non sai. Nell'appartamento non c'è nisciuna impronta di Manlio. Ci 'nni sunno altre, che appartengono a tri mascoli diversi. Oltre naturalmente a quelle di Amalia».

«Possono essiri di operai che hanno...».

«Certamente. Comunque non si trattava d'impronte di gente schedata. Di Manlio ci sono sulo dù impronte, il pollice e il mignolo della destra, supra al pisanti posacinniri di cristallo col quali l'assassino ha spaccato la testa alla picciotta. Poiché l'autopsia ha accertato che la morti è avvenuta tra le sei e le otto di sira, Di Blasi si è fatto pirsuaso che quanno Manlio è annato a pigliare ad Amalia, tra i dù sia scoppiata 'na liti sempri a proposito dell'appartamento e che Manlio ha perso la testa e l'ha colpita col posacinniri che aviva a portata di mano. E questo è quanto».

«E tu personalmenti chi 'nni pensi?».

Quattro

«Che è 'na minchiata sullenne».

Michele satò assittato com'era. Il sò posteriori si isò in aria di qualichi centilimetro e po' ricadì supra alla seggia.

«Davero?!».

«Senti, Amalia aviva dù amiche, Serena Ippolito e Stefania Corso. Che secunno mia sanno 'na gran quantità di cose che non dicono».

«Sono state interrogate?».

«Ma certo».

«E com'è che non ne abbiamo saputo niente?».

«La stampa, dici? Quanno la procura voli tiniri le cose ammucciate, ci arrinesci, Michè».

«Allura dimmi».

«Serena giura e spergiura che il posacinniri Amalia ce l'aviva macari nell'appartamento di prima epperciò è più che naturali che ci siano le impronte di Manlio; Stefania invece sostieni che lei a quel posacinniri non l'aviva mai visto nel vecchio appartamento e che forsi, attenzione al forsi, Amalia se l'era accattato per la nova casa. E così dicenno, futti direttamenti e indirettamenti a Manlio. Ora ti pare un indizio tali da mannare a uno 'n galera?».

«Beh, scusami, ma le impronte digitali...».

«Ma figurati! Un avvocato come a Troina 'na cosa accussì la smonta in meno di mezzo minuto. Accomenzerà a dimannare: scusate, signori della procura, ma mi volete spiegare pirchì criditi a Stefania e no a Serena?».

«E questo è vero».

«Lo vidi? Troina metterà 'sto dubbio a tutti e ci scaverà tanto torno torno che quel piccolo dubbio addiventerà 'na voragine dintra alla quali si vanno a catafuttiri 'na para di magistrati, il mè collega Bonanno che ha fatto le indagini e il signor questore in pirsona».

«Ma scusa, Manlio che dice?».

«A proposito del posacinniri? Qua, se lo vuoi sapiri, cadiamo nell'assurdo. O nel ridicolo».

«Cioè?».

«Lui dice che non se l'arricorda assolutamenti se l'aviva visto nell'altro appartamento».

«Ma va!».

«Te lo giuro, dici che non lo sapi. 'Nzumma, non s'appiglia a quello che dici Serena che gli offre un'occasione d'oro».

«E pirchì?».

«Va a sapiri com'è fatto un omo. Capace che è 'na pirsona sincera e, data la rarità delle medesime, la cosa ci maraviglia assà. Opuro capace che è 'na tattica difinsiva. Ad ogni modo, fino a quanno Bonanno e Di Blasi hanno sulo questa scartina in mano, ha ragione Troina a passare al contrattacco e a parlari di lente d'ingrandimento».

«Manlio non ha nisciun alibi?».

«Nenti. Caputo dice che arrivò sutta alla casa di Amalia verso le otto meno un quarto, che firriò 'na vintina di minuti per trovari un posto, che acchianò coll'ascensori fino al sesto piano, che si fici 'na rampa di scali, che arrivò al superattico, e in tutto questo percorso non incontrò a nisciuno col quali si canosciva, che vitti la porta aperta, che trasì, che chiamò ad Amalia e non ebbi risposta, che annò nel saloncino e attrovò la picciotta stinnicchiata 'n terra con la testa fracassata. Capì subito ch'era morta, non la toccò e chiamò la polizia».

«E come mai non risultano le sò impronte sul telefono di casa?».

«Pirchì il telefono fisso non c'era, lo dovivano ancora mettiri. Chiamò col cellulare sò, quello della picciotta non si è più attrovato».

«È stato portato via?».

«Comunque, è scomparso».

«E chi l'avrebbe fatto scomparire?».

«Secunno Bonanno, il picciotto stisso».

«A che scopo?».

«Bonanno pensa che lui abbia quel jorno parlato più volte con Amalia, e non sulo alla matina, come ha contato. Ad ogni modo, hanno addimannato la collaborazione della compagnia telefonica. Ma ci voli tempo».

«Senti, il primo comunicato diciva che Amalia era stata rinvenuta "in abiti succinti". Che veni a diri?».

«Formula sdilicata, usata per riguardo al patre della vittima, il commendatore Antonino Sacerdote, che significa completamenti nuda. E ti dico 'na cosa che ancora non è di pubblico dominio. Poco prima d'essiri ammazzata, la picciotta aviva avuto rapporti sessuali non violenti».

«Che significa?».

«Che era consenziente. Bonanno pensa che Manlio sia andato da Amalia verso le sei di doppopranzo, che abbiano 'ncignato la casa nova scopanno alla grande e che po' sia scoppiata l'azzuffatina».

«Scusami, ma il Dna dello sperma...».

«Chi se l'è fatta ha usato il preservativo. Ne sono state trovate le tracce».

«Scusa, ma il letto com'era?».

«Intatto».

«Mi pari strammo che si siano messi a fari all'amuri in salone avenno tempo e letto a disposizione».

«Bonanno dice che siccome era da un pezzo che non futtivano, sopraffatti dall'astinenza, appena si sono trovati soli...».

«Ma i vistiti di lei dov'erano?».

«Nel saloni. Però non significa nenti».

«Spiegati».

«Possono benissimo averlo fatto nel letto, po' passano in salone, hanno la discussione, il picciotto l'ammazza e doppo, per depistare, riconza il letto e porta i vistiti di lei in salone».

«E com'è che non lassa manco un'impronta digitale né in càmmara di letto e manco nel salone?».

«Questo vallo a spiare a Bonanno».

«Secunno tia come va a finiri?».

«Secunno mia, se non trovano altro, l'accusa cadi.

55

E sempri secunno mia, se non ti lasso subito, perdo l'aereo».

«Un momento sulo, tu che avresti fatto?».

«Premesso che io sono uno sbirro privo di parti politica...».

«Pirchì, Bonanno che è?».

«Appena vidi russo, macari un russo annacquato come a quello dei comunisti d'oggi, addiventa furioso come un toro, non raggiuna più, attacca e basta. E Di Blasi è della stissa sò razza».

«Mi stai dicenno che vogliono mettiri nei guai all'onorevole attraverso sò figlio?».

«No, dico che la bella occasioni li acceca, li fa sraggiunare. Tanto che hanno perso la giusta prudenza. E se mi addimanni che avrei fatto io al posto loro, te lo dico subito: avrei circato di sapiri qualichi cosa di più su Amalia. E ora ti saluto».

Era propio quello che aviva in menti di fari quella sira stissa, parlannone con Lamantia.

Arrivò in ufficio che l'ultimo notiziario era appena principiato.

«Nulla da segnalare» fici Cate. «Da lei c'è Alfio. È mezzora che l'aspetta».

S'infuscò, non si sintiva in condizioni di sopportare un'altra azzuffatina con Alfio doppo che nel doppopranzo gli aviva scopato la mogliere. Raprì la porta, trasì.

Alfio sinni stava assittato supra a 'na pultruna e taliava a Gilberto Mancuso che era in video.

«Ciao, Alfio. Com'era il servizio sulla seduta dell'assemblea?».

«Bono. Mi hanno telefonato il presidente, tri onorevoli...».

«Meglio accussì. Quelli telefonano sempri per protestare».

«Ti devo diri 'na cosa».

«Dicimilla».

«L'altra sira, mentri ero al ristoranti con Giuditta, ti ricordi che te lo dissi che annavamo a...».

«Sì, vai avanti».

«Mi chiamarono al cellulare. Il numero sul display corrisponniva a quello della Direzione dei TG regionali. Era Guarienti in persona».

Ci aviva 'nzirtato in pieno, cazzo! Si fingì ammaraviglîato, sorpriso e tanticchia priccupato.

«Guarienti?! E che voleva?».

«Voleva sapere perché non avevamo passato la notizia dell'avviso di garanzia a Manlio Caputo».

«E tu che gli hai detto?».

«Che gli dovivo diri? La verità. Che tu avevi deciso di non passarla perché la notizia non era sicura».

«E lui?».

«Niente. Mi ha ringraziato e basta».

«Ma perché non ha telefonato a me?».

«Boh?».

«E tu perché non me l'hai riferito subito?».

«Guarda, mi devi credere, sul momento non m'era parsa una cosa tanto importante».

Grannissimo figlio di troia!

«E com'è che ora ti pare importante?».

Alfio si disagiò.

«Non è che ora mi pare importante. È semplicemente capitato che stamatina, parlannone con Giuditta che aviva assistito alla telefonata, lei mi ha consigliato di riferirtela. Mi ha detto che se tu vinivi a sapiri di 'sta telefonata, potivano nasciri equivoci ed incomprensioni tra noi dù che propio non era il caso».

Aviva gana d'abbuttargli la facci a pagnittuna. Ma si controllò.

«Avete fatto bene. Grazie».

«Guarienti si è fatto vivo con te?» spiò Alfio doppo tanticchia.

«Sì, ma non mi ha parlato di 'sta cosa».

Alfio s'imparpagliò. Sicuramenti l'aviva saputo da Cate che Guarienti gli aviva telefonato.

«Beh, allora io vado. A domani».

«Aspetta un momento, che prescia hai?».

Ora ti faccio vidiri la carta che ho in mano io, gran pezzo di cornuto.

«Senti, l'altro jorno, non mi ricordo più chi, mi disse che tu, prima di trasire in Rai, eri stato querelato dall'onorevole Caputo. Vero è?».

Alfio aggiarniò, agliuttì.

«Sì».

«Ed è vero che vincì lui, Caputo?».

«Sì».

«Quanno annamo a cena mi conti 'sta storia. Ciao».

Era stato chiaro: caro Alfio, qualisisiasi cosa tu dica supra al fatto che sono stato troppo prudente nel passare le notizie che arriguardano Caputo e figlio, sappi che io posso sempri accusarti di un eccesso di animosità verso i medesimi e spiegarne le ragioni.

E accussì era evidente che Alfio gli voliva fari le scarpi.

Di certo aviva chiamato a Guarienti per metterlo al corrente che lui, Michele, l'aviva censurato, ma non l'aviva attrovato e aviva lassato il nummaro del cellulare. Quello l'aviva richiamato al ristorante e Alfio sinni era nisciuto fora per non fari sintiri a sò mogliere la telefonata. Po' si era scantato che Guarienti telefonava a lui, Michele, e gli rifiriva la sò lamintela. E allura si era addeciso, per guardarisi le spalli, a venirgli a contare la farfantaria che era stato Guarienti motu proprio a telefonargli. Giuditta in quella storia non ci trasiva nenti e le cose di sicuro erano annate come gliele aviva contate lei.

«Gabriè, ho bisogno di un favore riservato».

«A disposizione, direttore».

Lamantia si stava abbuffanno di pasta al nìvuro di siccia e mangiava con tali voracità che aviva la cammisa picchiettata di macchie scure. Ci voliva stomaco a mangiaricci 'nzemmula, taliannolo faciva passari il pititto. E difatti Michele lassò il sò piatto a mità e l'allontanò tanticchia. Parlava con l'occhi vasci per non vidiri l'oscenità che si compiva davanti a lui.

«Però stavolta non deve essere gratis».

«Come decidi tu».

«Quanto guadagni in media al jorno?».

Lamantia fici un improviso sbuffo di risata e macchiò la manica della giacchetta di Caruso.

«Come faccio a fare la media se un jorno guadagno appena la cena e il jorno appresso mi trovo 'n sacchetta dù o tricento euri?».

«Facemu accussì. Ti dugnu milli euri per dù jornate di travaglio, però devi essiri a mia totale disposizione».

«Devo sparari a qualichiduno?».

Michele non accapì se Gabriele diciva supra 'u serio o babbiava. Meglio non approfondire.

«No? Allura che vuoi?».

«Voglio sapiri tutto di Amalia Sacerdote e delle sò amiche che mi pare si chiamano...».

«Serena e Stefania» fici Gabriele.

«Ti sei dato già da fare?».

«Avivo accomenzato, ma po', visto che la morta non interessava a nisciuno, ho lassato perdiri».

«Pirchì non interessava a nisciuno?».

«Hai notato come l'hanno definita subito i giornali e macari voi della televisione? La povera ragazza cui arrideva la vita, l'infelice vittima, la giovane vita spezzata, la fanciulla stroncata nel fiore dell'età... A proposito di fiori, uno arrivò macari a scriviri: un bocciuolo al quale è stato crudelmente impedito di fiorire! Accussì la vittima è addiventata intoccabile. Chi lo trovava il coraggio di diri per esempio che tanto bocciuolo non era dato che era sbocciata scopanno regolarmenti con lo zito? E tutti l'hanno trovato commodo non occuparsi di lei, della povira martire, la secunna santa Maria Goretti».

«Commodo?».

«Essì, pirchì chi sgarra con Antonino Sacerdote la paga».

«Fammi capire».

«Non lo sai chi è Antonino Sacerdote?» spiò Gabriele abbassanno la voci e calannosi verso Michele.

«Il patre di Amalia, il segretario capo dell'assemblea».

«E basta?».

«Io non so altro».

«Il fratastro di Antonio Sacerdote è Filippo Portera».

«Il boss?».

«Esatto. Sunno fratastri ma sono sempri stati legati chiossà che se erano frati di sangue».

«Levami 'na curiosità. Come mai Sacerdote non ha messo in mezzo a Portera per l'omicidio della figlia?».

«E chi ti dice che non l'abbia messo in mezzo? E ora non ti fari viniri altre curiosità in proposito. Segui l'andamento generale che ci guadagni in salute. Perciò come vedi...».

«Che devo vedere?».

«Che milli euri sunno picca per una facenna accussì. Tu capisci, se Antonino Sacerdote veni a sapiri che io vaio in giro facenno dimanne sull'angilo asceso al cielo, capace che al cielo ascendo macari io».

«Addirittura!».

«Michè, lassati prigari».

«Quanto vuoi?».

«Trimila».

«Facemu dumila. Oltre non ci arrivo. D'accordo?».

«D'accordo».

Ora Lamantia si stava scrofananno tri polipetti a stra-scinasali. Si tirava con le dita i pezzi che gli ristavano tra i denti, li considerava, po' se li rimittiva 'n vucca e se li mangiava.

«E delle dù amiche sai qualichi cosa?».

«Stefania Corso, che tra parentesi è un gran pezzo di fica, ma manco Amalia, parlannone da viva, sgher-zava da questo punto di vista... E indove me la metti a Serena Ippolito? Le minne di Serena sunno 'na co-sa, ma 'na cosa... Quanno niscivano tutte e tri 'nzem-mula, i mascoli cadivano furminati appresso a loro... Che ti stavo dicenno?».

Non era arrinisciuto a chiuiri la parentesi.

«Mi stavi dicenno di Stefania Corso».

«Ah, sì. Stava con Manlio prima che questi si mit-tiva con Amalia».

Michele strammò.

«Ma come mai macari questa non l'ha saputa nisciu-no?».

«Michè, tranquillo, chi lo devi sapiri lo sapi».

«E chi, per esempio?».

«Tanto per fari un nome, l'avvocato Troina».

«Ne sei sicuro?».

«Se avivo un dubbio, m'è passato alla conferenza stampa. Lui si servirà di questo fatto al momento op-portuno. Lo tirerà fora per addimostrari che Stefania aviva motivi di rancore verso Manlio. Per questo ha di-chiarato che il posacinniri era novo. E a 'sto punto, mit-tuta fora combattimento a Stefania, resta valida sulo la dichiarazioni di Serena Ippolito che il posacinniri era già nella vecchia casa. Sempri che la procura non venga a sapiri 'na cosa».

«E cioè?».

«Che Serena era 'nnamorata di Manlio, gli scriviva littre appassionate. Una di queste vinni intercettata da Amalia e tra le picciotte finì a schifìo. Quindi Di Blasi potrà sosteniri che Serena offre 'na via di scampo a Manlio pirchì è persa per lui».

«Vedo che la storia del posacinniri l'accanosci bene».

«Michè, io tutto saccio. Sulo che 'na poco di cose le dico e 'n'altra poco invece no».

«E che altro sai di…».

«Michè, quanno ci rivediamo?» tagliò Gabriele.

«Facciamo martedì sira qua?».

S'arricampò al residence che l'una di notti era passata da un pezzo. Il portiere gli disse che nel salottino c'era uno che l'aspittava. E chi potiva essiri, a quell'ura? Manco a dirlo, Totò Basurto.

«Ci pigliasti l'abitudine a viniri qua?» l'aggredì.

«A quest'ora non c'è più nisciuno, sunno tutti a dormiri».

«Che vuoi?».

«Pirchì non hai voluto mettiri la dimanna di Moncada e la risposta di Troina?».

«Totò, pirchì sulo Moncada e gli altri no? Tu capisci il casino che mi si scatinava?».

«Sulo per chisto?».

«E perché altro, secunno tia?».

«Non secunno mia. Io un tramite sugnu e basta. Hanno pinsato che tu, facenno accussì, hai in sostanza omesso la parti principali della tesi di Troina. Ora la dimanna è chista: lo fai per tattica o pirchì Troina ti sta supra ai cabasisi?».

«Parliamoci chiaro Totò. Certo che Troina mi sta supra ai cabasisi, ma per fatto personale, e quindi non c'entra nenti col misteri mio di giornalista. Chiaro?».

«Chiaro. Perciò lo fai per tattica».

«Totò, le ragioni sono quelle che ti ho dette».

«Posso fari 'na dimanna?».

«Falla».

«Se metti caso a quella conferenza stampa ci annava sulo Moncada, tu la dimanna e la risposta le passavi?».

«Certo!».

«E chisto voliva sintiriti diri. Bonanotti».

«Aspetta. 'Sta facenna non mi piaci».

«Quella di Manlio Caputo?».

«No. Il fatto che t'appresenti a farimi l'esami dù o tri volte al jorno».

«Che esami?».

«Dai, Totò! Pirchì hai dato questa notizia, pirchì non hai dato quell'altra... Ci manca sulo che tu pigli parti alle riunioni di redazione ed è fatta. L'amicizia è bella, ma...».

«Leva il ma. L'amicizia è bella senza ma. Mi spiegai? Bonanotti».

Si era appena corcato che squillò il cellulare. Strammò.

Era Giuditta. Vuoi vidiri che era capitato qualichi contrattempo e non si sarebbero potuti 'ncontrare?

«Che stai facenno?» spiò lei.

«Sono corcato. E tu?».

«Macari io».

«Com'è che puoi parlarmi?».

«Alfio è nisciuto. Gli hanno telefonato che avevamo finito di mangiare. Ha chiamato poco fa per dirmi che ce n'ha ancora per un'ora».

«Sai dove è andato?».

«Boh. E io ne ho approfittato perché ti volevo dare un risarcimento».

«Perché un risarcimento?».

«Perché stasira non ho fatto in tempo a risponderti. Senti, mi dai un anticipo?».

«Ma come parli? Che significa?».

«Mi dai un anticipo di domani?».

«Al telefono?».

«Tu non ti preoccupare, parla dai, dimmi quello che mi farai».

Cinque

Picca tempo doppo che era principiata la relazione con Giuditta, dato che lui passava doppopranzo e sirata della duminica con lei, aviva pigliato l'abitudine di non annare in ufficio manco la matina, in modo che nisciuno potiva stabiliri 'na relazione tra Alfio che sinni partiva come sempri per Catania e lui che contemporaneamenti scompariva dalla circolazione.

Alfio faciva la riunione delle deci del matino e po' lo si rividiva la matina appresso. Responsabile della redazione restava Gilberto Mancuso.

Ad ogni modo tutti avivano il nummaro del sò cellulare e potivano chiamarlo in qualisisiasi momento.

Ma quella matina non voliva lassare ad Alfio patrone e domino, si scantava che quello, approfittanno della situazione, faciva qualichi alzata d'ingegno che avrebbe potuto macari aviri spiacevoli conseguenze.

Arrivò in ufficio e si vinni ad attrovare 'n mezzo a 'na discussioni violenta, tanto che nisciuno s'ammaravigliò della sò prisenza.

La causa della mezza azzuffatina, a quanto gli parse di capire, era Giovanni Resta, il giornalista nummaro uno di «Telepanormus».

«Posso sapere che succede?».

«Aieri a sira, nell'ultimo notiziario, Resta ha completamente ribaltato la sò posizione» fici Alfio in tono sdignato.

«Non è più colpevolista?».

«Non sulo, ma è addivintato 'nnuccintista! 'Nnuccintista violento! Va a sapiri quanto s'è fatto dari!».

«È questo che mi fa incazzare!» intervinni Mancuso insolitamente arraggiato. «Conosco Giovanni da anni, è amico mio, ed è 'na pirsona pulita! L'ha dimostrato macari in altre occasioni! Ha il coraggio di cangiare opinione e lo dice!».

«Scusate, ma come l'ha spiegato Resta questo cangiamento?» spiò Michele. «Dimmelo tu, Giacomo».

Arrivolgennosi al cronista di nera, non faciva torto a nisciuno ed evitava d'aviri resoconti parziali.

«Dice che è venuto a conoscenza di un elemento importante che scagiona completamente Manlio Caputo».

«E pirchì non è annato a parlare con Di Blasi?».

«Ha promesso di farlo stamatina».

«Sentite a mia» disse Alfio. «È tutto un bluff per giustificare il fatto che l'hanno pirsuaso a cangiare idea con una mazzetta sustanziusa».

A questo punto, Mancuso perse il controllo, ma invece di aumentare il volume di voci, l'abbasciò e disse friddo friddo:

«Lo sappiamo tutti che tu a Caputo lo vorresti vedere morto. Ti ha fatto 'mpignari il quinto dello stipendio per anni e anni».

Lo stracangiamento della facci di Alfio fu 'mmidiato e 'mpressionanti, prima addivintò bianco come un muluni d'inverno e po' russo come un muluni d'acqua.

«Tu, grannissimo…».

«Basta!» fici Michele danno un gran pugno supra al tavolo. «Non siamo all'asilo infantile!».

Non sciatò più nisciuno. Alfio niscì dalla càmmara.

«Domando scusa a tutti d'avere ecceduto» disse Mancuso. «Questo delitto ci sta facendo diventare nervosi».

Michele taliò ad Alletto.

«Giacomo, com'è 'sta cosa?».

«Che cosa?».

«Resta ha veramente saputo qualcosa di nuovo, altrimenti non avrebbe detto che andava dal magistrato. Ma questo qualcosa, perché non l'abbiamo saputo macari noi?».

«Ha ragione» fici Alletto accettanno il rimprovero.

«Allora datti da fare e mettiti a paro».

Tornò Alfio, si era annato a lavari la facci.

«Stringetevi la mano».

Alfio e Gilberto obbidero, lo ficiro murmurianno qualichi cosa, ma senza taliarisi nell'occhi.

«Ci vediamo domani» disse Michele annannosene.

Che cosa aviva potuto sapiri Resta? L'unica novità di cui potiva essiri vinuto a conoscenza era la deposizione di Serena Ippolito che scagionava Manlio. Evidentementi non accanosciva la versione diversa di Stefania. Se le cose stavano accussì, tutto quello che Resta avrebbe contato a Di Blasi non aviva importanza, pirchì il magistrato le versioni contrastanti delle dù picciotte le sapiva già. 'Nzumma, le ipotesi erano dù: o qualichiduno era annato a diri a Resta la facenna di Serena sapenno che quello avrebbe spontaneamente virato di bordo (opinione di Mancuso) o qualichiduno aviva pagato profumatamente a Resta pirchì cangiasse atteggiamento (opinione di Alfio), fornennogli macari la storia della deposizione di Serena come giustificazione da portare al magistrato per sarvarisi la reputazione davanti ai sò spettatori.

Siccome avivano ancora il sciato grosso, sinni stettiro tanticchia 'n silenzio a taliare il soffitto, coi scianchi sudatizzi che si toccavano. Po' Giuditta si cataminò, si stinnicchiò di traverso supra al petto di Michele, allungò un vrazzo verso il commodino, pigliò dù sicarette dal pacchetto di lui, la prima che addrumò gliela 'nfilò tra le labbra, la secunna se la tinni per sé e tornò al posto di prima. Appresso, dal sò commodino pigliò il posacinniri e lo misi 'n mezzo a loro.

«Ti disse nenti Alfio del discorso che è venuto a farmi aieri a sira?» spiò Michele.

«Guarda che a mè marito l'ho visto sì e no un'orata» arrispunnì Giuditta. «Appena finuto di mangiare l'hanno chiamato, è nisciuto e quanno è tornato io dormivo profondamente. Grazie anche alla telefonata con te».

E fici 'na risateddra allusiva.

«Non sai dove è andato e con chi si è incontrato?».

«Non mi ha detto niente».

«Non ti sei informata?».

«Non sono curiosa».

«E nemmeno gelosa?».

«Non mi conviene. Capace che per ripicca lo diventa macari lui e non sarebbe piacevole».

«Mi fai un favore?».

«Certo».

«Puoi cercare di farti dire, senza che s'insospettisca, con chi si è incontrato?».

Giuditta si misi a ridiri.

«Ohè, Michè, non è che sei tu a essiri giluso di lui? Siete 'nnamurati? Fate cose nel gabinetto dell'ufficio?».

«Vabbene, lassa perdiri».

«Michè, io il favore te lo faccio. Domani cercherò di sapere quello che vuoi sapere. Ma mi devi spiegare come mai da dù jorni non facciamo che parlare di Alfio».

«Dai, non essiri esagerata. Ne parliamo tanticchia negli intervalli. C'è qualichi cosa in lui che non mi persuade. Per questo avevo pensato che avesse saputo di noi due».

«Questo è da escludere. Sono sicura che non ci pensa, a un'eventualità simile. Mi stavi dicenno che aieri a sira...».

«Aieri a sira è venuto nel mio ufficio a raccontarmi della telefonata».

«Quale?».

«Quella che ha ricevuto al ristorante e di cui tu mi hai parlato».

«Me ne ero scordata. E che ti ha detto?».

«Mi ha detto che tu eri presente e l'hai sentita».

Giuditta fici la facci ammaravigliata.

«Ma se si è alzato di scatto e...».

«Non solo, ma mi ha detto che veniva a parlarmi perché tu gli avevi consigliato di farlo».

«Io?! Ma che cazzo gli sta passanno per la testa? Perché mi tira 'n mezzo alle sò cose?».

«Lo vedi che c'è qualcosa che non funziona?».

«Mi dici pirchì 'sta telefonata è tanto 'mportanti?».

«Lui è venuto a dirmi che l'aveva chiamato Guarienti, lo sai chi è?».

«Sì. E che voleva?».

«Voleva sapere da Alfio perché avevo bucato la notizia dell'avviso di garanzia a Manlio Caputo».

«Scusa, ma non poteva domandarlo a te?».

«Brava, questo è il punto! Lo sai perché Guarienti non ha telefonato a me? Ora ti spiego come annò la cosa. Alfio, tornato a casa, ha chiamato a Guarienti per riferirgli che io l'avevo censurato. Non l'ha trovato, ha lasciato il numero del cellulare e quello ha richiamato mentre eravate al ristorante. E Alfio, che doveva dire peste e corna di me, non ha voluto farsi sentire da te. Po', scantannosi che io venissi a saperlo, ha rivoltato la frittata ed è venuto a dirmi che era stato Guarienti a chiamarlo. Ma mi stai sentendo?».

Mentri parlava, Giuditta aviva fatto lo stisso mutuperio di prima e si era addrumata un'altra sicaretta. Pariva distratta.

«Sì, sì, ti sento».

Po' si voltò verso di lui.

«Credo che tu abbia ragione» disse.

«Su che cosa?».

«Che è stato lui a chiamare Guarienti».

«E come lo sai?».

«Beh, me l'hai fatto tornare a mente tu ora. Quella sera, quando è venuto a prendermi per andare al ristorante, ha citofonato per dirmi che era sotto con la macchina. Poi, quando sono uscita dal portone, lui era lì che stava dicendo al cellulare "dica al dottore di richiamarmi a qualsiasi ora". Ha chiuso la telefonata e siamo partiti. Ma che ha in testa?».

«Credo che voglia farmi le scarpe».

«Lui?!».

Tornò a ridiri di cori.

«Pirchì trovi la cosa accussì divertenti?».

«La sai la storiella della formica che vuole strangolare l'elefante?».

«Ti ringrazio del paragone».

«Ma dai, Michè! Ti scanti di lui? Alfio è un velleitario che non concluderà mai nenti. Se non era per tia, ancora era semplici redattore».

«No, di scantarimi non mi scanto, ma mi preoccupa. Può farmi danno».

«Michè, ora che m'hai avvertita, lo terrò sotto sorveglianza».

«Grazie».

«Non mi basta».

«Che vuoi?».

Lei livò il posacinniri di mezzo a loro.

«Voglio essiri ringraziata meglio».

Dato che avivano tempo, Michele prolungò i ringraziamenti fino all'ura di cena. Fu mentri si stavano rivistenno per nesciri che il cellulare di Giuditta sonò.

«È Alfio» fici lei prima di arrispunniri.

«Sono con Agnese... sì... siamo andate a cinema... non torni?... Tua madre non sta bene? Che ha?... Quindi nenti di preoccupante... Se preferisci stare ancora un po' con lei, figurati... Torni domattina? Sai che faccio, Alfio? Vado a dormire da Agnese... Non mi va di stare sola in casa... D'accordo, a domani».

Taliò a Michele con l'occhi sparluccicanti.

«Hai impegni per stanotte?».

Michele arridì e le vasò 'na minna. Lei stava facenno un nummaro.

«Agnese? Se per caso ti telefona Alfio, stanotte dormo da te... quindi, verso le unnici, stacca il telefono e tieni chiuso il cellulare, come al solito, che se gli viene il firticchio di telefonare non gli arrispunni nisciuno. Grazie. Ciao».

Abbrazzò a Michele, gl'infilo la lingua 'n vucca.

«Che bello! Possiamo dormiri 'nzemmula!».

«E se telefona prima delle unnici e non ti trova?».

«Agnese gli accucchierà qualichi cosa».

Quanno, verso le tri del matino Giuditta pigliò sonno stremata, Michele restò a occhi aperti. Erano annati a mangiare in una taverna indove non li accanosciva nisciuno, si erano fatti 'na longa passiata tinennosi abbrazzati, erano tornati a la casa e avivano ripigliato a fari all'amuri.

Ora si sintiva con la testa vacanti, anzi no, non l'a-
viva vacanti pirchì c'era 'na frasi che non gli era più
nisciuta dalla testa dal momento che l'aviva sintuta diri da Giuditta ad Agnese, la sò amica del cori e com-
plice.

«Stacca il telefono e tieni chiuso il cellulare, come
al solito».

Pirchì «come al solito»?

Lui era arrinisciuto a passari sulo quattro nottate in-
tere con Giuditta dal principio della loro storia e in tutte le quattro volte non c'era stato bisogno dell'aiuto di
Agnese (e della sò bravura a contare farfantarie!).
Quanno s'era prisintata l'occasione di annare nella casa di sò patre nelle Madonie, non ci aviva mai passato
'na nuttata 'ntera, dato che massimo alle cinque del
matino doviva ripigliari la strata per Palermo.

E allura, a quali «solito» s'arrifiriva Giuditta? Era
un «solito» che non arriguardava a lui. Era un «solito» che significava 'na certa abitudine di Giuditta di
passare l'intera notti fora di casa giovannosi della com-
plicità di Agnese che sapiva già come pararle le spalli.

Fu allura che gli tornò a mente quello che gli aviva
contato Cate e che Giuditta aviva negato con tanta naturalezza. Probabilmente era vera la storia che aviva
un altro amante. Che macari non vidiva con la stissa
frequenza con la quali vidiva a lui. Non è che era tinuto vigliante dalla gilusia, ma chiuttosto da 'na certa
maraviglia. Di fìmmine, non ne aviva praticato molte.
Tri o quattro prima di Giulia, alla quali era stato fe-
delissimo, e ora Giuditta.

74

Come potiva 'na fìmmina darisi a lui con tanta passionalità, pariva sempri affamata, e po' quella notti stissa darisi al marito e appresso passare la notte seguenti con un terzo omo? D'essiri possibbili, certo che era possibbili, ma la cosa gli faciva lo stisso maraviglia. Il fatto era che lei, dicenno quel «come al solito», si era tradita. Le era scappato.

Rinfacciarglielo? Addumannarle spiegazioni? Avrebbe fatto la figura del coglione, pirchì era sicuro che Giuditta 'na risposta convincenti l'avrebbe saputa attrovare. E po', ora che lei era sua alleata per controllare le mosse di Alfio, non era propio il caso di mittirisilla contro. Si vidi che Giuditta era fatta accussì, che dù òmini non le abbastavano. Però si sintiva tanticchia offinnuto.

Alle novi del matino del jorno appresso la prima pirsona che gli telefonò al residence fu Gerlando Pace, il redattore economico che in genere nelle riunioni sinni stava sempri mutanghero.

«Direttore, scusami se ti disturbo, ma c'è 'na notizia».

«Quale?».

«Stamattina si riunisce il consiglio d'amministrazione e pare che Scimone presenterà le dimissioni».

Sul momento non accapì.

«Scimone chi?».

«Il presidente della Banca dell'Isola».

Corradino Scimone aviva fatto 'na carrera a tappe forzate nel munno della finanza siciliana e a quarantasetti anni pariva già essirisi mittuto in una posizione indove potiva dormiri sonni tranquilli.

«E che è successo?».

«Non si capisce».

«Spiegazioni?».

«Nisciuna. Motivi strettamente personali».

«È 'na manopera?».

«Non pare. Le dimissioni saranno irrevocabili».

«Ma è sicuro?».

«Al novantanovi per cento».

«Tu lo sai che gli può essiri capitato?».

«Non ne ho idea».

«Può aviri scoperto d'essiri malato».

«Ma figurati! Scimone! Quello avrebbe continuato a fari il presidente macari da dintra al tabbuto!».

«Allora farà il salto della quaglia in continente».

«Michè, queste sono cose che si sanno con largo anticipo. Non ci sono mai state voci che riguardano a Scimone, manco sei misi fa quanno a Milano ci fu la fusioni tra la Banca...».

«Va a sapiri come reagiranno i sò amiciuzzi dell'assemblea regionale!».

«Si sentiranno orfani. Siccome stamatina c'è assemblea, non sarebbe il caso che qualichiduno ci andasse per sintiri che aria tira?».

«E tu che fai?».

«Io vado alla Banca. Appena ho notizie certe, te le telefono in redazione».

«Alfio, dove sei?».

«Sto andando in ufficio, vengo direttamente da Catania».

«L'hai saputo di Scimone?».

«Me l'hanno telefonato ora ora».

«Non sarebbe il caso che tu andassi all'assemblea?».

«Sì, macari se sono tanticchia stanco».

«Allura vacci. La riunione la faccio fari a Mancuso».

Scinnì per annare a pigliare la machina e il portiere lo chiamò tinenno 'n mano 'na busta bianca, senza indirizzo.

«Cinque minuti fa hanno portato questa per lei».

La raprì caminanno. Era di Totò Basurto. Non c'era firma, ma ne arriconobbe il modo di scriviri.

Al momento niente commenti su Scimone.

Non c'era bisogno che glielo dicivano come doviva comportarsi. E non sopportava più 'sto controllo continuo, gli faciva girare i cabasisi. Alla prima occasione gliene avrebbe parlato, al vecchio. O aviva fiducia in lui, e sino a quel momento aviva addimostrato di essirisilla meritata la fiducia, e allura non lo tiniva con la catena corta, opuro non aviva fiducia e in questo caso gli sarebbe abbastata mezza parola per farlo tornari a essiri nenti e nisciuno. E po' non arriggiva a Totò Basurto che lo costringeva a gesti ridicoli da cospiratore, come questo, ad esempio, di dari foco a quel foglio di littra con l'accendino.

La chiamata di Gerlando Pace gli arrivò quanno stava niscenno dall'ufficio per annare a mangiare.

«Scimone ci ha messo tutta la matinata per convincere il consiglio ad accettare le dimissioni. E alla fine ce l'ha fatta».

«E ora che succede?».

«Succede che, dato che tutti sono stati pigliati alla sprovista, hanno convocato un altro consiglio per lunedì prossimo. Da questo consiglio dovrebbe nesciri la designazione del novo presidente».

«Sinni fanno nomi?».

«Ancora no. Ancora è presto».

«Cate, chiamami ad Alfio».

«Subito, direttore».

«Alfio, che si dice?».

«Michè, un burdellu. Appena è arrivata la notizia, è successo un casino tali che il presidente ha dovuto sospendere la seduta. Nisciuno se l'aspittava. Ho raccolto quattro o cinque commenti interessanti. Oggi dopopranzo li monto e te li faccio vidiri. Io mi trattengo qua, vado a pranzo con l'onorevoli Nicotera e Posapiano».

«Senti, mi ha telefonato Alfio che non viene a pranzo e che nel pomeriggio sarà impegnato. Approfittiamo?».

«Il problema è che è successa 'na cosa 'mprevista, piuttosto 'mportanti, e forsi è meglio che io...».

«Ho capito. Mi lasci a secco».

«A secco? Doppo quello che abbiamo fatto macari fino a stamatina prima di lasciarci?».

Lei arridì a modo sò. E lui fu tentato di mannare tutto a catafuttirisi e incontrarla ancora.

Sei

«Alfio è tornato?» spiò a Cate appena s'arricampò in ufficio che erano le quattro e mezza del doppopranzo.

Era passato da 'na libreria per accattare un libro di storia medioevale da rigalari a Carlo, il marito di Mariella, che 'nsignava all'università. A lei invece avrebbe mannato un mazzo di rose l'indomani a matino.

«Sì, è al montaggio».

«Ci sono novità?».

«L'ha chiamata due volte Alletto».

«Non ti ha detto che voleva?».

«No, dice se lo richiama lei».

«Vabbene, fallo».

Giacomo aviva 'na voci assufficata.

«Che hai? Sei raffreddato?».

«No, parlo a voci vascia. Sono al bar Di Nunzo in via Crispi 10».

«Pensi che sia 'na cosa accussì 'mportanti da...».

«Direttore, è lungo da spiegare, ma è veramente importante. Altrimenti non mi sarei permesso».

«Va bene, dimmi».

Alletto era 'na pirsona ammodo, non s'abbannunava a fantasie, stava sempri coi pedi 'n terra. Se gli voliva parlare, era certo per una cosa seria.

«Direttore, un'orata fa stavo passanno da qua per venire in redazione. Ho visto arrivare a gran velocità 'na machina della polizia, scinniri di cursa il commissario Bonanno, la machina ripartire, il commissario trasire nel portone del nummaro 7. Pigliato di curiosità, ho parcheggiato la machina e sono annato a leggiri i nomi del citofono al nummaro 7. Lo sapi chi abita in quella casa? Giovanni Resta».

«E che ci è annato a fari Bonanno da Resta?».

«È quello che mi domando macari io. Ma ancora non è finuta. Lo sapi chi è arrivato 'na mezzorata fa? Il questore in persona».

«Il questore?! Allura può darsi che sia in seguito alla visita che Resta ha fatto stamattina a Di Blasi».

«Direttore, Resta non ci è andato da Di Blasi come aviva ditto in televisione. Ha telefonato in procura spostanno l'appuntamento nel doppopranzo. Lo so per certo».

«Ma che minchia sta succedendo?» sbottò.

«Io sono assittato al tavolino di questo bar, darrè a 'na vitrina e d'infacci ho proprio il portoni del 7. Aspittasse, il questore è nisciuto in questo momento, sta partenno con la machina che era ristata ad aspittarlo».

«Tu lo conosci a Resta?».

«Bene, no. Saccio qualichi cosa. È maritato, havi 'na figlia di cinco anni, sò mogliere è medico. Aspittasse! Bonanno si è affacciato a 'na finestra del quarto piano, talia a dritta e a manca! È agitato, si volta a parlari dintra. Ora talia arrè fora. Il portoni si è aperto, è nisciuto Resta che curri alla dispirata! Io vado a vidiri».

Doviva aviri lassato il cellulare addrumato pirchì Michele sintiva 'na speci di confusa rumorata, frusciante e ritmica, dintra alla quali emergevano frequenti colpi di clacson. Chiaramenti, era Alletto che curriva strata strata appresso a Resta. Doppo, in primissimo piano, il pianto di 'na picciliddra.

Po' ci furono voci confuse, il pianto finì, si sintì distinta la voci di Alletto addimannare:

«Ma che è successo?».

«Ero dietro al bancone» disse 'na voci di picciotta. «Avevo appena aperto il negozio, quando un signore si è fermato davanti alla porta a vetri tenendo per mano una bambina. Le ha detto: "aspetta qui che ora viene papà" e si è allontanato col cellulare all'orecchio. A un tratto la bambina si è messa a piangere, allora io sono uscita, la stavo consolando e in quel momento è arrivato un altro signore che me l'ha strappata dalle mani, l'ha presa in braccio e se l'è portata via mentre arrivava lei».

«Grazie».

Po' Alletto s'arrivolgì direttamente a Michele.

«Ha capito quello che è successo? Io sì».

«Credo di averlo capito macari io».

«Che faccio?».

«Al 7 c'è un portiere?».

«Sì».

«Aspetta che tutto si sia calmato, che Bonanno sia andato via e doppo parla col portiere. Ce l'hai la telecamera con te? Sì? Bene. Pagalo quello che vuole, non ti fare problemi. Sei stato bravo, Giacomo».

Appena riattaccò, lo chiamò Cate.

«Direttore, dice Alfio che se vuole vederlo, il materiale è pronto».

Non se la sintì di annare subito in sala montaggio. Era ancora strammato da quello che Alletto gli aviva fatto sintiri in diretta: la felici conclusione di un rapimento-lampo, pirchì di questo si era trattato: avivano rapito per qualichi orata la figlia a Resta per mannargli un avvertimento. Non annare a contare a Di Blasi quello che hai saputo, altrimenti te la facciamo pagare come e quando vogliamo colpendo la pirsona a te più cara, tò figlia. E questo viniva a significari almeno dù cose. La prima era che darrè all'omicidio di Amalia Sacerdote c'era qualichi cosa di grosso assà. La secunna era che Giovanni Resta era vinuto a conoscenza di un fatto che veramenti potiva scagionare a Manlio Caputo. Quindi non doviva trattarisi della deposizione di Serena Ippolito a favuri di Manlio, cosa che oramà sapivano porci e cani. Un elemento novo. Che però non doviva annare tanto a genio al patre di Amalia, se aviva provveduto a neutralizzare a Resta con l'aiuto del fratastro mafioso Filippo Portera. Allura, ammesso che le cose stavano accussì, non c'era dubbio che si voliva che le indagini puntassero sulo ed esclusivamente verso Manlio Caputo.

Alfio aviva fatto un bon servizio. Rendeva perfettamente la sorpresa e lo sconcerto che avivano assugliato l'assemblea alla notizia delle dimissioni di Corradino Scimone. La dichiarazione dell'onorevole Attilio Posapiano era esplicita:

«*Ignoro le ragioni per le quali il dottor Scimone si è dimesso, devo però dire che trovo non molto corretto il suo comportamento. Avrebbe dovuto avvertire chi di dovere delle sue intenzioni*».

«*Scusi, onorevole, ma chi sarebbe questo "chi di dovere"? Non l'ha detto al consiglio d'amministrazione?*».

«*Non basta. Il dottor Scimone non ignora che la sua elezione a presidente è stata il risultato di una lunga elaborazione che ha, direttamente e indirettamente, coinvolto l'assemblea*».

E, di rafforzo, lo stisso presidenti dell'assemblea:

«*La Banca dell'Isola è da sempre l'ago della bilancia della nostra economia. E il consiglio d'amministrazione che eleggerà il nuovo presidente della banca non può non prescindere dalla valenza politica che tale nomina verrà implicitamente ad avere*».

«Sì» disse Michele. «Queste dichiarazioni lassale tutte e dù. Il servizio lo mandiamo accussì com'è».

Stava per nesciri, quanno arrivò trafelato Giacomo Alletto.

«Ho il materiale del portiere. E ho registrato macari la commessa del negozio, quella che vitti all'omo con la picciliddra».

«Che è 'sta storia?» spiò Alfio.

«Talia macari tu» disse Michele.

«*Io ci dico quello che saccio*».

Il purtunaro era un cinquantino coi baffi all'umberto, l'ariata di un ex marisciallo.

«Verso l'una, io il portoni lo chiuio all'una e mezza, arrivò di cursa Emilia che chiangiva...».

«Scusi, chi è Emilia?».

«È la signura che abbada alla picciliddra dei signori Resta. Aviva portato a Pinuzza, che sarebbi la figlia dei signori...».

«Quanti anni ha?».

«Pinuzza? Cinco. L'aviva portata ai giardinetti e se l'era persa. Allura la signura è scinnuta ed è annata con Emilia ai giardinetti. Passanno, l'ho sintuta che lo diciva al marito al telefonino».

«E poi?».

«Io chiusi il portoni. Quanno lo riaprii, alle quattro, vitti arrivari a un signori che dissi di essiri il commissario Bonanno. Passato un quarto d'ura, arrivò un altro signori che dissi di essiri il questori».

«Dove andavano?».

«Dai Resta. Po', doppo manco deci minuti, il questori sinni annò. Po' vitti scinniri di cursa al signor Resta che tornò doppo tanticchia con Pinuzza in vrazzo».

«E il commissario Bonanno?».

«Ancora supra è, non è scinnuto».

Appresso c'era l'intervista a 'na beddra picciotta vintina davanti alla vitrina di un negozio di profumeria. Arripitì quello che Michele aviva già sintuto per telefono.

«Saprebbe riconoscere l'uomo che ha lasciato qua la bambina?».

«No, assolutamente. Lo vedevo attraverso la porta a vetri che...».

«Non ha notato niente di particolare in quell'uomo? Provi a dirci quello che ricorda di lui».

«Mah... Era alto, bruno, ben vestito... poteva avere una quarantina d'anni... altro proprio non...».

«Come ha trattato la bambina?».

«Bene... Quando le ha parlato, aveva un tono di voce rassicurante...».

«Allora perché si è messa a piangere?».

«Ma sa... così piccola... sola... davanti al traffico di una strada...».

«Che gliene pare?» spiò Alletto.

Michele scotì la testa.

«Non basta. Proprio no. Speravo che il purtunaro diciva qualichi cosa di più esplicito».

«E che doviva dire di più?» fici Alletto 'mparpagliato.

«Una sola parola: rapimento. Ma non l'ha detta».

«Ma se ci ha contato che si sono precipitati Bonanno e il questore!».

«Non significa niente. È 'na conclusione ipotetica, cerca di capire, non un fatto documentabile. Tu dici in televisione che c'è stato un rapimento-lampo e dalla questura ti smerdano».

«E come?».

«Diranno: "avendoci il dottor Resta avvertito della scomparsa della figlia, e temendo che potesse trattarsi di un rapimento, siamo doverosamente accorsi per maggiori informazioni. Fortunatamente un signore, che aveva ritrovato la bambina smarritasi nei giardinetti, l'ha riconsegnata ai genitori". Ti sta bene?».

«Ma quale riconsegnata! Se non ha voluto manco farisi vidiri! Che mi viene a contare, direttore!».

«Io non ti sto venendo a contare niente, Giacomo. Sto solo facendo la parte dell'avvocato del diavolo. Quel signore capace che ha dato nome e cognome a Bonanno. E le ragioni per le quali ha lassato la picciliddra davanti alla profumeria inveci di accompagnarla a casa possono essere tante. Comunque, vogliamo parlarne in riunione? A disposizione. Vogliamo andare? Sono già le cinque e mezza».

«No» disse Alfio che fino a quel momento sinni era ristato sparte senza raprire vucca.

Michele e Giacomo lo taliarono interrogativi.

«Voglio dire che non è manco il caso di parlarne in riunione».

«Beh» tentò di protestare Giacomo «mi pare giusto che i colleghi sappiano che...».

«Perdiamo sulo tempo» ribattì Alfio. «Hai ragione tu, Michele. Se parliamo di rapimento-lampo per intimorire a Resta, formuliamo solo un'ipotesi. Probabile, ma sempre ipotesi. E se la picciliddra si fosse per davero smarrita? No, è un azzardo grosso».

«Facciamo così» arrisolse Michele. «Non ne parliamo in riunione, ma tu, Giacomo, torna sul posto. Ora stisso. Cerca di saperne di più. Se hai la conferma che si è trattato di un rapimento, facemu a tempu a passare tutto nell'ultimo notiziario. Però telefona a mia, cercami sul cellulare, non parlarne a Mancuso».

Appena partì il notiziario, chiamò a Giuditta. E la voci fimminina registrata gli comunicò che il telefono della persona chiamata eccetera eccetera. Allura ci aviva pigliato l'abitudini! Ma che le capitava? Addecise che non le avrebbe ritelefonato. Se voliva, lo chiamava lei. Il notiziario finì e il telefono sonò.

«Direttore, è Giacomo».

«Allura?».

«Direttore, non ho nisciuna novità. Però ho saputo a quali giardinetti era stata portata la picciliddra. Ora è tardi. Ma domani mattina che ne dice se ci faccio un salto?».

«Va bene».

Salutò a Cate, passò da Mancuso.

«Devo andare a cena da amici. Se ci sono problemi, chiamami».

Trasì in machina. S'aspittava d'attrovare stinnicchiato nel sedile posteriore a Totò Basurto. Possibile che non avivano saputo nenti del rapimento-lampo? Comunque, meglio accussì, non lo sopportava più a Basurto. Giuditta non lo richiamò.

Gli vinni a rapriri Mariella in pirsona. L'aviva invitato l'ultima volta 'na misata avanti e l'attrovò tanticchia cangiata. O meglio, non lo era fisicamente, ma la lucintizza dei sò occhi acquamarina si era come appannata. Doviva aviri qualichi pinsero. Si vasaro, po' Michele le pruì il libro che aviva accattato per sò marito.

«Grazie. Ma Carlo stasera non è con noi. Glielo darò dopodomani, quando ritorna».

«Dov'è andato?».

«A Roma, per un convegno sull'università. È partito l'altro ieri».

E allura avrebbero cenato loro due soli? La cosa gli parse stramma. Tutte le altre volte c'era stato Carlo prisenti e lui aviva finuto per parlare con Carlo chiuttosto che con Mariella, con la quale in sostanza aviva picca da dirsi. Non potiva posticipare l'invito fino a quanno che sò marito era tornato? Forsi voliva dirgli a quattr'occhi il pirchì della prioccupazioni che traspariva dai sò occhi.

«Ti vuoi lavare le mani? Poi mi raggiungi in sala da pranzo. Stasera neppure la rumena c'è, devo servire io».

Annò in bagno, doppo passò nella càmmara di mangiari. La tavola era conzata per tri. Mariella tornò dalla cucina.

«Tra cinque minuti è pronto. Ci facciamo un prosecchino?».

«Volentieri».

Mariella sirvì. Isaro in silenzio i bicchieri taliannosi nell'occhi.

«Aspettiamo qualcuno?» spiò Michele.

«Sì».

E manco a farlo apposta, il citofono sonò. Mariella annò nell'anticàmmara per raprire e non tornò. Aspittava l'ospite. Doppo tanticchia, Michele sintì la rumorata dell'ascensori che si firmava al piano, la porta della casa che viniva richiusa, un breve parlottio confuso.

«Ciao, Michele» disse Giulia trasenno.

'Ngiarmò. Non arriniscì manco a susirisi per salutarla. Arriniscì faticoso a girare la testa quel tanto che abbastava per taliarla. Beddra come sempri, ma pallita assà, macari lei emozionata per l'incontro. Però, a differenza di lui, lei lo sapiva a chi avrebbe incontrato quella sira in casa di Mariella.

'Na facenna organizzata approfittanno dell'assenza di Carlo. E organizzata di certo su richiesta di Giulia, mai Mariella si sarebbe pirmittuta di fari uno sgherzo simile alla sò amica. Arriniscì a raprire vucca sulo quanno lei gli si assittò davanti.

«Ciao» disse con la voci sicca.

Doppo che l'aviva taliata, non arrinisciva più a livarle l'occhi di supra.

Da quella sira che lei, a tavola, gli aviva ditto che era 'nnamurata, non si erano più attrovati soli facci a facci come lo erano ora. Si addunò, mentri Giulia portava alle labbra il bicchieri indove le aviva versato il prosecco, che la mano le trimava leggermente. E lui aviva dovuto fari uno sforzo notevole per tiniri la bottiglia nella direzioni giusta, evitanno di versari il prosecco supra alla tovaglia.

«Eccomi qua» disse Mariella posanno supra al tavolo la suppera. «Datemi i piatti».

Pisci a brodo, ottimo. Le prime cucchiaiate, in silenzio. Squasi che nisciuno aviva la gana o la forza di romperlo. Fu Giulia a parlari per prima:

«Come sta Gianfranco?».

Era il figlio di Mariella e Carlo, un picciliddro di setti anni.

«Sta bene, è rimasto a casa dei nonni».

«E... Carlo?» continuò Giulia.

Pirchì aviva esitato a fari quella dimanna? Istintivamente, Michele taliò a Mariella. L'occhi le si erano 'ncupiti. Non fece a tempo ad arrispunniri pirchì, in un'altra càmmara, si sintì squillare il telefono.

«Scusatemi» fici Mariella susennosi e niscenno.

«Carlo non sta bene» spiegò Giulia.

«Che ha?».

«Qualcosa al cuore. Dovrebbe essere operato. Mariella è molto, molto preoccupata».

«È una cosa così grave? Oggi come oggi…».

«Il problema è Carlo. Ha troppa paura dell'operazione che in sé è una sciocchezza. E rimanda, trovando una scusa al giorno».

Tornò Mariella.

«Era Carlo. Sta bene».

A malgrado che il pisci era veramente bono, tutti e tri lassarono il piatto a mità. Per un verso o per l'altro, nisciuno aviva gana di mangiare. Il proseguo della cena via via si trasformò in un mezzo mortorio. A ogni argomento di conversazione, doppo appena qualichi minuto, gli viniva a mancare la corda, come ai grammofoni a manovella d'una volta, e finiva senza concludersi, con una speci di rallentato murmuriare.

«Passate di là, mentre io sparecchio» disse Mariella alla fine.

«Ti do una mano» fici Giulia.

S'attrovò sulo in saloni. Era chiaro che Giulia aviva organizzato l'incontro pirchì gli voliva diri qualichi cosa, ma ancora non aviva attrovato il modo.

Era sicuro che in cucina si stava consultando con l'amica. In quanto a lui, dire che non arrinisciva a ripigliarisi era picca. Il momento peggiore non era stato quanno l'aviva vista comparire, ma doppo, quanno si erano trovati suli a viviri il prosecco. Era caduto narrè nel tempo, risucchiato dintra a 'na speci di gorgo, e aviva avuto davanti all'occhi l'occhi di lei mentre che gli diciva che si era 'nnamurata di un altro. Allura si era sintuto di colpo svacantari, ma non nell'animo, propio nel corpo, era addivintato un involucro senza che dintra avissi più cori, purmuna, ficato, stomaco.

Quelle paroli l'avivano fatto trasformari priciso 'ntifico a un cadavere priparato per essiri mummificato. E mummia, a conti fatti, lo era addivintato. 'Na mummia che mangiava, scopava, raggiunava, parlava, ma sempri sintennosi priva di veri organi vitali.

Le dù fìmmine tornaro 'nzemmula. Lui era assittato supra al divano. E con molta naturalezza Giulia gli si assittò allato. Era accussì che si mittivano quanno annavano ancora maritati a cena in quella casa.

«Il solito whisky liscio per tutti e dù?» spiò Mariella.

«Sì» ficiro in coro.

Mariella li sirvì lassanno la buttiglia supra al tavolinetto. Lei, che era astemia, si scartò un cioccolatino. Il whisky vinni vivuto in silenzio.

«Accomenza un altro mortorio?» si spiò Michele.

Ma sintiri a Giulia accussì vicina gli dava 'na speci di strano conforto che gli procurava a un tempo piaciri e disagio.

Tutto 'nzemmula Mariella, che si era assittata al solito posto sò, supra alla pultruna più vicina a Giulia, si susì.

«Io vado di là a guardarmi un po' di televisione».

Evidentemente le dù fìmmine si erano appattate in questo modo. E ora Giulia gli avrebbe finalmente spiegato il motivo per cui aviva voluto vidirlo. Ma lei continuava a vivirisi il whisky in silenzio e senza taliarlo.

Allura, in un lampo, lui criditti di capiri la scascione dell'incontro. Come aviva fatto a non pinsaricci prima? Addecìse che doviva essiri lui a trasire in argomento, masannò lei non ne avrebbe mai attrovato il coraggio.

«Giulia, scusami, ma approfitto dell'occasione... per domandarti se...».

«Se?...».

«Se hai necessità... se sei arrivata alla conclusione che... se ritieni insomma che sia giunto il momento di...».

«Di?...».

Matre santa, quant'era difficile diri quelle paroli!

«Di legalizzare la nostra posizione...».

Che frasi cretina che gli era nisciuta! Legalizzare! Che c'era da legalizzare se erano sempri marito e mogliere?

«No, va bene così» fici lei che aviva capito. «A meno che tu...».

«Io no».

E per un pezzo non si dissero altro. Ma non si potiva annare avanti accussì, a colpi di silenzio. Doviva sapiri pirchì Giulia aviva voluto vidirlo. L'unica era spiarglielo direttamente.

«Perché hai voluto quest'incontro, Giulia?».

Lei parlò al bicchiere, al tavolinetto, al pavimento. Una frase sula, senza pause, tutta d'un fiato.

«Avevo voglia di vederti da tempo... di stare un poco con te... di sentirti parlare... respirare... tanta voglia da non farcela più... scusami... scusami».

La càmmara torno torno a lui firriò completamente su se stessa e po' si fermò. Michele le posò 'na mano supra al vrazzo. Lei si voltò a mezzo verso di lui, di scatto gli appuiò la fronte sul petto, squasi vrigugnusa.

Gli parse che stava dicenno qualichi cosa. Po', dal movimento delle sò spalli, accapì che stava chiangenno. Allura l'abbrazzò forti.

Sette

Dormì picca e nenti, pinsanno sempri a Giulia.

La sira avanti, doppo manco deci minuti che sinni stavano abbrazzati, lei si era scostata risoluta, si era asciucata l'occhi, l'aviva finalmenti taliato a longo e po' aviva ditto:

«Vado a chiamare Mariella».

E appresso a un'altra mezzorata, fatta più di silenzi che di paroli, bonanotti, bonanotti e ognuno nella sò casa.

Come se nenti era successo. O meglio, era stata aperta 'na parentesi che po' era stata richiusa senza spiegazioni. Giulia non glielo aviva ditto apertamente, ma la longa frase che gli aviva rivolto non lassava strata al dubbio, Giulia non era più contenta della situazione nella quali si era messa, epperciò tra lei e Massimo i rapporti non dovivano essiri li stissi di prima.

E gli aviva macari fatto accapire che continuava ad amarlo. O che aviva ripigliato ad amarlo.

Sarebbe abbastato che lui sollevava il ricevitore e diciva «torno a casa» per attrovare a Giulia con le vrazza aperte? Opuro si trattava di 'na dibolizza momentanea, 'na parentesi appunto?

E lui, da parti sò, era pronto a rimittirisi con lei?

Nei primi tempi la mancanza di Giulia era stata insopportabile, una mutilazione, appresso era stata meno lancinante, ma sulo per la sopravvenuta abitudine, non certo pirchì quello che sintiva per lei si era allascato.

E la prova che le cose stavano accussì l'aviva avuta poche ore avanti, quanno l'aviva avuta assittata nel divano allato a lui.

Ma che potiva essiri successo tra lei e Massimo? Un'altra fìmmina di mezzo? No, si sarebbe saputo e po' Massimo non pariva il tipo.

No, forsi il motivo di un disaccordo, macari se era un'idea azzardata, potiva essiri stato il fatto che Troina, e la cosa per la verità aviva ammaravigliato a tutti, si era assunto la difisa di Manlio Caputo.

Il patre di Manlio era l'avversario politico nummaro uno del patre di Giulia, il senatore, e probabilmente questo gesto non gli era piaciuto, il convivente della figlia in qualichi modo gli si mittiva contro aiutanno l'avversario. Capace che sinni era lamintato con Giulia, questa a sua volta ne aviva parlato con Massimo e da lì doviva essiri nasciuto il disaccordo tra i dù.

Era 'na spiegazioni possibile, tenuto conto che Giulia non faciva nenti che potiva portare danno al patre, tant'è vero che se non gli aviva addimannato il divorzio era stato pirchì il senatore aviva voluto accussì.

Il momento più difficili a conclusione di quella longa nottata fu quanno, doppo essirisi appinnicato tanticchia, s'arrisbigliò che erano le setti del matino e non

95

vitti supra all'altro cuscino la facci di Giulia addrummisciuta.

Si tinni a forza dal telefonarle subito.

No, sarebbe stato un errore. Di certo era meglio aspittari che lei faciva un altro passo.

Sutta alla doccia, si sorprisi a canticchiare. Era da
quanno si era lassato con Giulia che non lo faciva più.

Verso le novi e mezza del matino lo chiamò Giacomo Alletto.

«Direttore, sto andando ai giardinetti».

«Vacci. Me l'avevi detto, no?».

«Non chiamavo per questo. Ha sentito quello che ha
dichiarato aieri a sira Resta nella sò trasmissione delle unnici?».

«Ero fuori a cena e non...».

«Ha detto che a malgrado di 'na pisanti intimidazio-
ni subita, lui, che non si scanta di nisciuno, ha riferito lo stisso al magistrato quello che riteneva suo dovere di diri».

«Questo significa che avevi ragione tu, si è trattato
di un vero e proprio sequestro-lampo».

«Se raccolgo ai giardinetti 'na qualichi testimonianza, qualichi cosa di sostanzioso...».

«Va bene, vacci e po' si vidi».

«Pronto, dottor Caruso?».

«Sì».

«Sono Ermanno Diluigi».

Il segretario particolare, a Roma, del senatore Gaetano Stella.

«Mi dica».

«Il senatore mi ha informato che è appena arrivato a Palermo. Si tratterrà solo un giorno, poi deve ripartire. Ha espresso il desiderio d'incontrarla per pochi minuti».

«Quando?».

«Oggi pomeriggio alle diciassette, naturalmente sempre che le sia possibile. Perché altrimenti si potrebbe concordare un...».

«Mi libererò. Dove devo venire?...».

«Guardi, alle sedici e trenta una macchina verrà a prenderla dove preferisce lei».

«Allora al residence che è in via...».

«Sappiamo l'indirizzo, grazie».

Il senatore doviva essiri calato a Palermo per la facenna delle dimissioni di Scimone, che era stato fatto a sò tempo presidente della banca pirchì, era cosa cognita, Gaetano Stella a sò favori ci aviva pesantemente calato il carrico da unnici.

Altra telefonata. Stavolta era Marcello Scandaliato.

«C'è un fatto nuovo epperciò non posso viniri alla riunione».

«Che è 'sto fatto novo?».

«Hanno arrestato a Manlio. Si vidi che Di Blasi ha emesso un provvedimento di fermo».

«Che viene a dire?».

«Il provvedimento? Tante cose. Che Di Blasi ha trovato nuove prove a carico. O che ha saputo cangiare gli indizi che aviva in prove. Opuro che si scanta che Manlio sinni scappa».

«Qualcuno ha registrato l'arresto?».

«Nisciuno, né noi né gli altri».

«Siamo sicuri che l'hanno arrestato?».

«L'ha dichiarato Troina».

«Quanno?».

«Deci minuti fa, a Radio 123, quell'emittente locale collegata al "Giornale dell'Isola"».

'Na vera partita a scacchi. Resta era annato a portare a Di Blasi 'na prova a discarrico? E Di Blasi per contromossa aviva fatto arristare a Manlio.

Opuro i dù fatti erano indipendenti l'uno dall'altro?

«Dove stai andando, Marcè?».

«A palazzo di giustizia. Ti telefono se ci sono novità».

«Pronto? Speravo proprio di trovarti».

«Cos'è 'sta novità del cellulare astutato? Macari aieri a sira...».

«Scusami, ma è venuta all'improvviso la sorella di Alfio, l'ho dovuta invitare a cena. Ti volevo dire: non puoi trovare modo, mercoledì, di mandare Alfio a fare un servizio che lo tenga impegnato per tre-quattro ore?».

«Perché?».

«Perché tu, nel frattempo, fai un servizio a me».

Le allusioni di Giuditta più esplicite erano e più di solito l'eccitavano. A letto, era fìmmina di un pititto tali che qualisisiasi cosa faciva o diciva, rientrava in una speci di armalisca e coinvolgente naturalizza. Stavolta invece quelle parole gli parsero inutilmente volgari.

«Non sarà facile».

«E allora devo aspittari fino a domenica?».

«Mi scanto di sì».

Alfio, alla riunione, fici lo strunzo. Era chiaro il sò intento di dari la massima evidenza all'arresto di Manlio e di mettiri in secondo piano la notizia del sequestro della figlia di Resta, sempri se Giacomo trovava un minimo di conferma. E Michele, dato che quello aviva parlato della facenna, dovitti spiegare alla redazione tutta la storia del sequestro e pirchì erano arrivati alla decisione di non passare la notizia il jorno avanti.

«Non ti capisco» gli disse Michele. «L'altra volta, quando si è trattato dell'avviso di garanzia che io non ho voluto che passasse, m'hai rimproverato che ti facevo perdere lo scoop».

«Embè?».

«Come, embè? Me lo spieghi cosa intendi per scoop?».

«Siamo a scola di giornalismo?».

«No, Alfio, sto solo dicendo che l'arresto non è uno scoop, dato che è una notizia ufficiale, mentre il sequestro-lampo della figlia di Resta sì che lo è. È 'na cosa che, fino a questo momento, sappiamo solo noi, giusto?».

«Giusto».

«Se la riveliamo, facciamo uno scoop. Tutta qua è la differenza, caro Alfio».

«Oltretutto» intervinni Mancuso «questo sequestro dimostra due cose. La prima è che Resta non ha intascato mazzette per mettersi dalla parte di Manlio».

Alfio aggiarniò.

«Vogliamo ripigliare il discorso dell'altro jorno?» spiò polemico.

«Manco per idea. E la seconda è che a favore di Manlio, Resta deve avere qualcosa di solido».

«Ah, sì? Tanto solido che Di Blasi ha cangiato l'avviso in fermo!» fìci ironico Alfio.

Michele accapì che stava accomenzanno una delle solite camurriose discussioni tra i dù.

«Sentite, finiamola qua. Se Giacomo ci porta qualcosa di concreto, bene. Altrimenti di questa storia del sequestro non possiamo dire niente».

Alle quattro e mezza spaccate gli telefonarono dalla portineria che c'era l'auto che l'aspittava. Era 'na Panda che aviva 'na fiancata tanticchia ammaccata, 'na machina come sinni vidivano tante strata strata. S'assittò allato a quello che guidava, un sissantino malo visto, il quale si limitò a salutarlo senza prisintarisi.

«Dove andiamo?».

«A mia mi dissiro che la devo portari a 'na certa villa tanticchia prima di Sferracavallo».

La conversazione finì qua.

Non lo sapiva che sò sociro... che strammo, pirchì gli era vinuto di chiamare sociro al senatore? Sulla carta, ancora lo era, certo. Ma il bello era che lui non l'aviva mai chiamato accussì, manco mentri stava con Giulia. Comunque, non lo sapiva che il senatore Stella aviva 'na villa nelle vicinanze di Sferracavallo.

La quali villa non era una di quelle d'ora, coi vialetti, le siepi, i gazebo, la piscina, no, era piuttosto 'na vecchia, robusta, e isolata, casa di campagna ottocintisca macari se tinuta bona. Indove si potiva arriciviri chi si voliva senza che nisciun straneo ne viniva a conoscenza.

L'autista trasì nel baglio, fermò davanti al portoni chiuso.

«Semo arrivati».

Michele scinnì e la machina sinni partì.

Non un cani che abbaiava, nisciuna prisenza umana. Il baglio era sdiserto.

Per un momento si scantò che se il senatore aviva avuto un contrattempo lui se ne doviva ristari lì all'aperto chissà quanto tempo, pirchì il portoni non aviva batacchio e manco si vidiva un campanello elettrico nelle vicinanze. Po', tutto 'nzemmula, il portoni si raprì e comparse Totò Basurto.

«Scusami se ho tardato, Michè, ma la casa è granni. Ti abbiamo visto arrivari. Veni, veni, il senatore t'aspetta».

Lo seguì. Acchianaro al primo piano, Totò tuppiò a 'na porta, raprì, misi la testa dintra.

«C'è Michele».

E subito appresso, rivolto a lui:

«Trasi».

Michele trasì e Totò gli richiuì la porta alle spalle.

Pariva lo studio di un vecchio notaro. Gaetano Stella, che era assittato darrè a 'na scrivania che assimigliava a un catafalco, si susì e gli annò incontro a vrazza aperte.

Po' gli fici 'nzinga d'accomodarisi supra a 'na pultruna mentri che lui si mittiva in quella allato. Gli posò 'na mano supra al ginocchio.

«Ti trovo in forma, Michè».

«Macari lei non scherza».

Doviva essiri sittantino, a quanto arricordava. Inveci addimostrava deci anni di meno. Curatissimo, eleganti, l'occhi chiari, la facci cordiale e squasi sempre sorridente, era omo che dava immediata fiducia.

«Come ti vanno le cose?».

«Abbastanza bene».

Il senatore gli offrì 'na sicaretta. A Michele non piacivano quelle che l'altro fumava, ma fici il sagrifizio d'accittarla. Se l'addrumaro e il senatore gli sorridì compiaciuto.

«Tu non fumi le stisse mie, vero?».

«Nonsi».

«E le mie non ti piacino, vero?».

«Non tanto».

«Però l'hai accettata lo stisso. Bravo».

Col senatore si era sempri sutta esami.

«Saresti un buon politico».

«Perché?».

«Perché la politica questo è. Fumariti 'na sicaretta che non ti piaci pirchì a quello che te l'ha offerta non vuoi, o non te la senti, di diri di no».

Po' a Michele gli arrivò 'na dimanna inaspittata, che lo fici addivintari di colpo sudatizzo.

«Con mè figlia Giulia ti sei più visto da quanno vi siete lassati?».

«Da allura, sulo 'na volta, propio aieri a sira in casa di Mariella Pignato che m'aviva invitato a cena».

«C'era Massimo?».

«Nonsi».

Sempri la virità e nient'altro che la virità, col senatore. Era la meglio strata per tinirisillo amico.

«Come l'hai trovata?».

«Sinceramente, non m'è parsa tanto bene. Voglio dire...».

«Lo so quello che vuoi dire. Ammettere un errore è sempri difficile, talmente difficile che uno certe volte finisce col non ammetterlo. Ti sei spiato perché non ti ha mai chiesto il divorzio?».

«Guardi, sono stato io, sei mesi dopo che m'aveva lasciato, a domandare a Giulia se voleva che principiassimo le pratiche e m'ha risposto che lei, senatore, non era d'accordo».

Gaetano Stella parse sinceramente strammato.

«Ti disse accussì?!».

Doppo si misi a ridiri.

«Ma tu vidi che è annata a strumentiare mè figlia! Se ti capita di rivederla, e hai gana di addimannarle la vera scascione, fallo. Voi due eravate 'na vera coppia. Pacienza. Però arricordati di 'na cosa che ti dico: la porta di casa è stata Giulia a volirla lassare mezza aperta. E ora parliamo d'altro. In questi giorni, Totò Basurto m'ha sempre tenuto al corrente».

Michele sturcì la vucca. Il senatore capì a volo.

«Ti sta troppo addosso? È invadente, vero? Infatti aieri gliel'ho detto di lassarti spazio. Tu sai benissimo come cataminarti, non hai bisogno continuamente del suggeritore».

«Grazie. Le voglio dire 'na cosa che sappiamo ancora in pochi».

E gli contò la facenna del sequestro-lampo della figlia di Resta. Il senatore non ammostrò tutta la sorprisa che Michele s'aspittava.

«Vidi, Michè, apparentemente 'sto sequestro non è servito a niente, infatti non ha impedito a Resta di annare da Di Blasi».

«Perché dice apparentemente?».

«Perché in realtà è servito a dare più forza di verità a quello che Resta è annato a contare al magistrato».

Michele allucchì.

«Scusasse, credo di non aviri accapito bene. Vossia mi sta dicenno che a organizzare il sequestro non sono stati i nimici di Manlio Caputo, ma i sò amici?».

«Si potrebbe macari pinsari accussì».

«E Resta lo sapiva che era una finta?».

«No. Non sapennolo, addivintava più convincente all'occhi di tutti. Hai fatto bene a non passare la notizia. E se t'arrivano novità al riguardo, pensacci dù volte. Fino a questo momento, tu non hai sgarrato un colpo».

«Grazie».

«Ti volevo diri 'na cosa. Stai attento che in questi jorni arriviamo a un punto delicato. La sostituzione di Scimone. Dopodomani accomenzerà a girari un nome che piglierà a tutti di sorpresa. Doppo un iniziale sconcerto, l'assemblea finirà con l'appoggiarlo. I numeri li abbiamo. Si tratta di un amico personale al quali voglio dari 'na mano d'aiuto. Io il nome non te lo faccio, lo capirai da te. Chiaro?».

«Chiaro».

Tuppiaro. Era Basurto.

«La machina per riaccompagnare a Michele è arrivata» disse da darrè alla porta, senza trasire.

Il senatore si susì.

«Mi ha fatto veramenti piaciri vidiriti».

Si riabbrazzaro.

«Ah, ti voliva diri 'na cosa. Guardati da Alfio Smecca. M'è arrivata 'na vuci. Pare che voli il posto tò».

«L'avevo già capito che...».

«Ma soprattutto guardati da sò mogliere Giuditta».

Minchia! Come aviva fatto a sapirlo?

«Se ti piaci, continua a futtiritilla».

L'improvisa volgarità lo colpì come 'na timpulata.

«Ma attento a come parli con lei. Futti e basta. Vediamo come si mettono le cose e doppo, se è il caso, sistemiamo ad Alfio».

«E io?».

Fu squasi un grido. Il senatore gli fici 'na liggera carizza sulla facci.

«Tu, figlio mio, non ti devi prioccupare».

L'auto che lo riportò al residence era un'altra comunissima machina. Il guidatore stavolta era un quarantino che però aviva la stissa 'ntifica mutangheria di quello che l'aviva accompagnato prima.

Sintì il bisogno di farisi 'na doccia e di cangiarisi tutto, quasette e mutanne comprese. L'incontri col senatore erano rari, ma ogni volta sinni nisciva agitato e provato.

Arrivò in ufficio che la riunione si era trasformata in una babele di vociate.

«Posso sapere che succede?» spiò rivolto ad Alfio.

«Giacomo ai giardinetti ha incontrato 'na fìmmina che ha praticamente assistito al sequestro. Ha registrato la sò dichiarazione. La fìmmina, che si chiama Magda...».

«Coneanu, è rumena, fa la badante a un paralitico» fici Giacomo.

«'Sta Magda dice che la picciliddra, Pinuzza, la figlia di Resta, jocava con altri picciliddri nella parti del jardinetto più vicina alla strata mentri che quella che doviva abbadarle, come si chiama...».

«Emilia Russo» fici ancora Giacomo.

«... sinni stava a chiacchiariari con altre fìmmine. Tutto 'nzemmula 'na signura bono vistuta, cinquantina, s'è avvicinata a Pinuzza e si è calata a parlarle. La picciliddra ha fatto 'nzinga di sì con la testa, la signura l'ha pigliata 'n vrazzo e facenno tri passi s'è 'nfilata dintra a 'na machina che l'aspittava con la portiera di darrè aperta».

«La picciliddra era scantata, chiangiva?».

«No».

«Emilia quanno si è addunata che Pinuzza non c'era più?».

«Doppo un cinco minuti. S'è messa a circarla. Allura la rumena le ha ditto quello che aviva viduto».

«Come mai la rumena non ha reagito?».

«Dice che non ha capito che si trattava di un sequestro. Oltretutto, dato che a pigliare la bambina era stata 'na signura ben vestita e dato che Pinuzza pariva consenziente...».

«Ho capito. E qual è il motivo della discussione?».

«Che io sostengo che questa testimonianza non porta nenti di novo. Anzi» disse categorico Alfio.

«E tu che dici, Marcè?».

«Io sono del parere che qualichi cosa bisognerebbe accennarla».

«Io penso che bisognerebbe dire tutto quello che è successo» fici Giacomo macari se non era stato interpellato.

«E tu, Gilbè?».

«Io sono del parere di andarci piano».

«Mi pare che la vostra discussione è stata inutile. Sarebbe rischioso passare la notizia. Ha ragione Alfio».

«Ma se la rumena...» scattò Giacomo.

«La rumena ha detto quello che tu volevi che dicesse».

«Io?!».

«Sissignore. La parola sequestro gliela hai messa in bocca tu. Lei ha invece subito pensato che la picciliddra la conosceva a quella signora. Poteva essere una parente, un'amica della madre. Si trattava di una fìmmina. Se fosse stato un omo, forsi qualche accenno l'avremmo potuto fare. E forsi la stissa rumena avrebbe potuto pinsari a un pedofilo. Però stando accussì le cose, 'sta notizia, mi dispiace, ma non la faccio passare. C'è altro?».

Meno mali che della facenna ne aviva parlato col senatore.

Otto

Appena principiò il notiziario, astutò il cellulare. Non avrebbe telefonato a Giuditta, ma si scantava che era lei a chiamarlo. Doppo disse a Cate di annare da lui.

«Entra, chiudi la porta e assettati».

«Vado a pigliare il taccuino».

«Non ce n'è bisogno. Siccome mi avevi detto che ti saresti informata... Hai saputo più nenti della storia delle corna di Alfio?».

L'occhi di Cate di subito sbrilluccicarono, quello era l'elemento sò, la sparla. Appresso però fici 'na facci 'ncerta e dubbitosa.

«Direttore, la facenna non è tanto chiara. All'origine di tutta 'sta storia c'è Anna».

Anna Gomez era la sigritaria di redazione, 'na beddra picciotta trentina, di carattere allegro e amicionaro, la quali, non avenno uno zito, non c'era redattore che non se la voliva portare a letto. Ma nisciuno potiva vantarisi di essirci arrinisciuto.

«Pare» continuò Cate, «che 'na vintina di jorni fa, 'na sira, Alfio invitò a cena ad Anna e naturalmente ci provò».

«Alfio?!».

«Direttore, qua dintra sulo lei non ci ha tentato. Naturalmente Alfio si jocò la carta tradizionale della mogliere che non lo capiva. Non sulo non lo capiva, le contò, ma era pirsuaso che lo tradiva. E le disse macari il nome del presunto amante della mogliere senza che Anna glielo avissi manco spiato».

«Chi sarebbe?».

«L'onorevole Filippone».

S'arricordò che, quanno Giuditta aviva principiato a fari i nomi degli onorevoli che accanosceva, a Filippone non l'aviva nominato.

«Vai avanti».

«Allura Anna, per cugliuniarlo, gli addimannò come mai gli era vinuta 'n testa 'sta storia del tradimento. E Alfio arrispunnì che avenno accompagnato a Giuditta in casa di Filippone, pirchì la mogliere dell'onorevole e Giuditta sunno amiche, si era addunato di certe taliate, di certe attenzioni di lui. Tutto qua. A mia pari 'na storia che non sta né 'n celo né 'n terra».

«A mia pari puro accussì. Grazie, Cate. Per una mezzoretta, non ci sono per nessuno».

Aviva bisogno di raggiunari, di riflettiri.

Ciccio Filippone era un deputato regionale quarantino, dello stisso partito del senatore, ma sò accanito avversario. 'Nzumma, aspirava alla successione e non l'ammucciava. Spregiudicato, abile, 'ntelliggenti, erano oramà assà quelli che giuravano su lui.

Giuditta, se ne era addivintata l'amanti, potiva averlo fatto per aiutare ad Alfio, usanno con Filippone le stisse arti che aviva adoperato con lui.

Che poi ci avesse pigliato gusto a saldare il debito contratto con lui, era un altro discorso.

Ma nel racconto di Cate c'era qualichi cosa che non quatrava. Pirchì Alfio aviva fatto ad Anna spontaneamente il nome di Filippone? La cosa aviva un sono fàvuso. Non era possibile che l'aviva fatto volutamente pirchì si sapisse che aviva accomenzato a frequentare la casa dell'onorevole? E dando di questa frequentazione 'na spiegazioni di commodo per ammucciare la vera ragione che inveci era politica? La mossa era abile: se qualichiduno vidiva ad Alfio annare nella casa di un politico come a Filippone, non potiva fari illazioni. Il povirazzo, l'aviva ditto lui stisso, era lì strascinato dalla mogliere infedele. E Giuditta si prestava al joco, tanto aviva lo stisso senso dell'onore di 'na cozza.

Era probabile che Alfio fosse stato arruolato da Filippone il quale era venuto a conoscenza del suo vecchio livore verso Caputo. Sì, pirchì il vero ostacolo all'ascesa di Filippone era dato dalla chiusura totale di Caputo nei suoi riguardi, spisso il senatore e Caputo, pur essendo di parti contrarie, si erano scangiati favori sottobanco, ma questo non era mai capitato tra Caputo e Filippone. Anzi.

E se mittiva 'nzemmula le informazioni di Cate e l'avvertimento del senatore, ora la facenna gli era bastevolmente chiara. La mogliere di Filippone aviva 'nvitato a casa l'amica Giuditta e sò marito: in quell'occasione Filippone si era pigliato come alleato ad Alfio promittennogli il posto di lui, Michele. Alfio, approfittanno della situazione nella quale si era vinuto a trovare il figlio di Caputo, non doviva perdiri occasione di metterlo in cattiva luce nei notiziari.

E questo spiegava tutto: il nirbùso, la telefonata a Guarienti, il quotidiano tentativo di passare 'na notizia che potesse danneggiare Manlio... No, quell'atteggiamento non era dettato da un vecchio rancore, come tutti cridivano, ma da un disigno attuale e priciso.

E dire che lui aviva pinsato d'aviri a Giuditta dalla sò parti! Però... Un momento. Non era meglio continuare a vidirisi con Giuditta, non rivelarle che aviva scoperto il sò doppio joco, dirle, fingenno, di cridiri in lei e inveci manovrarla a tempo debito come gli tornava commodo?

Riattivò il cellulare che subito sonò.

«Perché non mi hai chiamata?».

«M'è venuto a trovare un tale che...».

«Senti, dopodomani operano la madre di Alfio e lui, dato che vuole essere presente, andrà a Catania».

«Ci va di mattina o di pomeriggio?».

«Ancora non lo so. Te lo farò sapere. Ti volevo solo avvertire, mi raccomando, lasciati libero».

«Che ti pigli?».

«Haiu tanticchia di fami attrassata» dichiarò Lamantia.

Aviva mittuto le mano avanti. Se si scrofanava ignobilmente quanno aviva un regolari pititto, figurati ora che avrebbe combinato! Capace che gli altri clienti si mittivano a protestare. Un porco era più composto, quanno mangiava. Certe volte Michele era portato a pinsare che Lamantia lo faciva apposta a pariri disgustoso. Casualmenti, i sò occhi 'ncontraro a quelli di Virzì. Che gli fici 'nzinga con la testa verso l'altra càmmara. Capì a volo.

Virzì aviva notato il sò disagio e gli offriva 'na soluzione. Lo chiamò.

«La saletta è libera? Se è libera, ci spostiamo là. Accussì parliamo meglio» si giustificò con Gabriele.

La saletta capeva sulo tri tavoli e non c'era nisciuno. Qui l'altro sarebbe stato libero d'esibirsi.

«Portami gli antipasti» fici Lamantia al cammarere. E precisò:

«Tutti».

Michele pinsò che era meglio farisi portari subito un sostanzioso secunno pirchì era certo che da lì a poco sarebbe stato sopraffatto dal disgusto epperciò 'ncapace d'agliuttirisi nenti.

«Allora, che mi dici?».

«Ti dico subito che ho 'na notizia che non è 'na notizia».

«E che è?».

«'Na bomba».

Se l'aspittava che quello avrebbe circato d'arraffare il più possibile.

«Vuoi alzare il prezzo? Fai scoppiare 'sta bomba e po' videmo».

«No, il prezzo non lo alzo, stai tranquillo, resta duemila».

Allura doviva trattarisi di 'na bumma che faciva botto grosso ma nenti danno.

«Però devo mettiri 'na condizione».

«Quali?».

«Mi devi dari la tò parola d'onori che te la terrai per te e non te ne servirai per il notiziario».

«Te lo scordasti che sono un giornalista?».

«Sei tu che te lo devi scordare».

«Ma perché?».

«Perché se vengono a sapiri che te l'ho detto io, posso passari un guaio. Un guaio grosso. Perciò tu ne devi fari uso e consumo personali. Mi sono spiegato?».

«Ti sei spiegato benissimo» fici Michele pruiennogli la mano.

Lamantia gliela stringì.

«Parola d'onore» disse sullenne Michele.

«Per prima cosa, ma non è questa la bumma, lo sai che le agende di Amalia sono scomparse?».

«Quali agende?».

«Quelle indove ci tiniva i nummari di telefono, gli indirizzi e ci signava macari l'appuntamenti. Erano quattro. Quella dell'anno in corso e l'altre tri dell'anni precedenti».

«Le ha portate via l'assassino?».

«No. Amalia le tiniva ammucciate sutta alla biancheria. Le ha trovate e sequestrate il commissario Bonanno».

«E allora da dov'è che sono sparite?».

«Dall'ufficio di Di Blasi».

«Erano importanti?».

«Direttore, che minchia di dimanna! Se le hanno fatte sparire!».

«Che potiva esserci di tanto importante?».

«Parecchie cose. Per esempio, nomi che in quell'agenda non avrebbero dovuto comparire e invece c'erano. Per esempio, appuntamenti con pirsone impensabili. Cose accussì».

Mentri parlava, 'n'angiova marinata gli annò di traverso. Prevedenno che avrebbe accomenzato a tossire, Michele fici a tempo a scansarisi. Lamantia si vippi mezzo bicchieri di vino e ripigliò a mangiare.

«Ma pirchì 'na studentissa dovrebbe aviri nella sò agenda…».

«La dimanna da fari non è chista» disse categorico Lamantia.

«E qual è?».

«Quella che mi sono fatta io: pirchì Amalia era 'ntistarduta a voliri continuari ad aviri un appartamento tutto per lei e per questo motivo si sciarriò con Manlio?».

«Pirchì?».

«Ora vegnu e mi spiegu. Fattami 'sta dimanna, sono annato a parlare coi propietari dell'appartamento indove lei stava prima di trasferirsi in quello indove è stata ammazzata. La picciotta se l'era propio scelto bono, il vecchio appartamento».

«In che senso?».

«Una villetta nica nica a un piano, in una strata curta, con tanticchia di verde torno torno. I proprietari abitano al piano terra, sunno anziani e non vogliono farisi le scali. Affittano il primo piano. Càmmara di mangiari, càmmara di dormiri, studietto, saloni, dù bagni, cucina. Ti faccio presente che macari l'appartamento indove è stata ammazzata è in una villetta a quattro piani piuttosto isolata».

«'Nzumma, amava le strate poco affollate e poco rumorose».

«Diciamo discrete. Però in questa strata della nova casa ci parcheggiavano molte macchine. La sai 'na cosa, direttore? I signori Lo Curto, i proprietari, non sono mai stati interrogati».

«Come mai? Lì Amalia c'è stata a lungo, mi pare».

«Che vuoi che ti dica? La polizia e il pm hanno preferito fari le indagini a senso unico. Hanno puntato su Manlio e basta».

«Dimmi che ti hanno detto i Lo Curto».

«E questa è la bumma. Ce n'è voluto per farli parlare, sai?».

«Chi gli hai detto che eri?».

«Polizia».

«Ma tu sei pazzo! Se lo viene a sapiri...».

«Chi?».

«La polizia vera, per esempio».

«Ma quelli sunno dù vecchi scordati dall'òmini e da Dio!».

«Lassamo perdiri. Che ti hanno detto?».

«Sono bastevolmente sicuri che prima di Manlio ad Amalia l'annava a trovare uno che spisso passava la notti con lei».

«L'hanno visto?».

«No. Mai. Al primo piano, quello di Amalia, si accede da darrè la villetta, c'è 'na scala esterna indipendente. L'omo passava da lì».

«Ma se non l'hanno mai visto, come fanno a dire che...».

«La loro càmmara di letto si trova propio sutta a quella d'Amalia. Sintivano tutto, cigolii, gemiti, risate, senza possibilità d'equivoco. E po', a ulteriore conferma, c'era l'auto con la quali arrivava l'omo parcheggiata davanti al cancelletto posteriore. Sempri e sulo di notti. Di jorno l'auto non la vidivano mai».

«Vabbè, 'na storia vecchia. Non mi pare 'mportante. Chissà quante ne ha avute!».

«Ti sbagli. Macari quanno la picciotta si fici zita con Manlio, l'omo invisibile continuò a frequentarla».

«E come facivano?».

«Manlio Caputo annava regolarmenti a Roma per l'affari sò ogni simana e ci stava dù jorni e dù notti. Non erano però sempri gli stessi jorni, certe volte partiva il lunedì, certe altre il mercoledì... Si vidi che Amalia telefonava all'amico, l'avvertiva che il campo era libero e quello s'appresentava».

«Dunque, aviva un amanti fisso».

«Mi pari certo. Il signore aviva di sicuro la chiavi dell'appartamento. I Lo Curto, quanno si sono addunati che la storia continuava macari doppo il fidanzamento con Manlio, hanno attrovato un pretesto per sfrattarla. Si scantavano assà che la cosa potiva finiri a schifìo dintra a un loro appartamento. Sarebbe successo uno scandalo. Genti bigotta. Tra l'altro, hanno pricisa opinione sull'omicidio».

«Cioè?».

«Che è stato Manlio ad ammazzarla, avenno scoperto che Amalia lo tradiva. Sarebbe capitato, 'nzumma, quello che loro si scantavano che capitava a casa loro. Sono molto orgogliosi di averlo previsto e di aviri sfrattato a tempo la picciotta».

«Opinione discutibile. Può essiri rovesciata: l'amanti ha ammazzato ad Amalia pirchì lei voliva lassarlo per stare con Manlio».

«'Nzè» fici Lamantia che intanto aviva attaccato gli spaghetti ai ricci di mari.

«Perché no?».

«Perché in questo caso non avrebbe litigato con Manlio per continuare ad avere un suo appartamento indipendente in un posto discreto. Avrebbe pigliato a volo l'occasione, sinni annava a conviviri con Manlio e mittiva il vecchio amanti davanti al fatto compiuto. No, tutto il modo d'agire di Amalia addimostra che aviva la 'ntinzioni di mantiniri la relazioni a malgrado che si era fatta zita con Manlio. A meno che non era l'amanti che l'obbligava a continuari, va a sapiri».

«T'è parso che i Lo Curto sarebbero disposti a contare 'sta storia a Di Blasi?».

«Boh. A paroli, sì. Ma po', attrovarisi davanti a un magistrato, è tutta un'altra cosa. E inoltre, penso che dell'omo invisibile abbiano un certo scanto».

«Come mai?».

«Come ti ho detto, vidivano parcheggiata l'auto con

la quali quello arrivava. Non ci capiscono nenti di machine, ma dicino che era di gran lusso, 'na cosa di cinema».

«E pirchì 'na machina di lusso li scantava?».

«Pirchì sono arrivati alla logica conclusioni che chi era proprietario di 'na machina accussì era indubbiamenti un omo ricco. E dunque, se te lo metti contro, pericoloso come a tutti i ricchi. E non si può certo dargli torto, mischini».

Ruttò.

«'Sta pasta era 'na cosa squisita».

«Secunno tia Serena e Stefania erano a conoscenza di 'sta relazione di Amalia?».

«Una no e l'altra sì».

«Come fai a esserne accussì sicuro?».

«Pirchì ho parlato con tutte e dù, ma separatamente. D'altra parti, non si frequentano più, si sono sciarriate per il posacinniri».

«Stavolta chi hai detto che eri?».

«Ho fatto finta di essiri un giornalista incarricato di scriviri un articolo su Amalia. Serena era sincera, non lo sapiva. Anzi, scartava l'idea. Stefania m'ha ditto che non lo sapiva, ma non era sincera, stava dicennomi 'na farfantaria».

«Ancora non riesco a convincermi che i Lo Curto non sono stati interrogati».

«Forsi non ce n'era di bisogno. A pinsaricci bono, il nome dell'omo invisibile doviva di certo attrovarisi nelle agende di Amalia».

«Ma se mi hai detto che sono scomparse!».

«Vero è. Ma doppo che Bonanno e Di Blasi le hanno esaminate».

«C'è qualichi cosa di strammo, però».

«Dove?».

«Come mai Antonio Sacerdote, che è l'omo che è, non era a conoscenza della storia di sò figlia con l'omo invisibile? E se ne era a conoscenza, pirchì non ha fatto interveniri a Filippo Portera per farla finiri?».

«Risposta alla prima dimanna: chi ti dice che Antonio Sacerdote non sapiva nenti? Risposta alla secunna dimanna: chi ti dice che aviva 'ntinzioni di farla finiri?».

«Mi stai facenno accapire che ci trovava il sò tornaconto?».

«Tutto è possibbili, conoscenno a Nino Sacerdote».

«Un tornaconto economico».

«Non lo escluderei».

«Opuro era un tornaconto, come dire, politico?».

«Puro questo è probbabbili. O le dù cose 'nzemmula. Ma non diri era, dici è».

«Pirchì?».

«Pirchì capace che Nino Sacerdote il tornaconto continua a trovarcelo macari se la figlia è morta. Anzi, di più: propio pirchì la figlia è stata ammazzata».

«Non capisco».

«Manco io, direttore, certe volte mi capisco. Non ci fari caso: sunno pinseri che mi passano per la testa».

Attaccò una frittura mista bona per quattro pirsone.

«Dopodomani a sira me l'offri arrè la cena?».

«Hai qualichi cosa d'altro da dirmi?».

«Dopodomani a matino ho un appuntamento con Stefania. Quella picciotta non mi persuade».

«Questo lavoro straordinario te lo devo pagari a parte?».

«Certo. Stasira però mi duni quello che abbiamo concordato. Ho travagliato beni, no?».

«Benissimo. Hai novità che arriguardano il fermo di Manlio?».

«Corrono voci».

«Dimmene qualcuna».

«Di Blasi ha mandato al Ris dei carrabbineri la cammisa e i vistiti che Manlio indossava il jorno dell'omicidio di Amalia a malgrado che la cammisa sia stata lavata. Il pm giustamente pensa che qualichi macchia di sangue gli sia schizzata addosso».

«Il Ris ha risposto?».

«Pare di sì e pare che in seguito a questa risposta Di Blasi abbia ordinato il fermo. Questa è la voci più 'nsistenti».

«Ma scusa, Manlio non appena scoprì il cadavere non chiamò subito? Se aviva qualichi macchia di sangue, non se ne sarebbero addunati?».

«Bonanno è convinto che Manlio non chiamò subito, pirchì dice che doppo aviri ammazzato ad Amalia il picciotto sinni annò alla sò casa, si cangiò e doppo tornò nell'appartamento della zita facenno finta d'essirici arrivato allura allura».

«Dicino altro?».

«Sì, pare che Bonanno sia arrinisciuto a scoprire che il posacinniri Amalia se l'era accattato qualichi jorno prima per la nova casa».

«Perciò avrebbe ragione Stefania».

«Accussì pare. Ma ci può essiri un'altra spiegazione al fermo».

«Quali?».

«Che Di Blasi sia stato obbligato a fari quella mossa. Che qualcuno gli abbia detto che non abbastava l'avviso di garanzia, abbisognava mettiri dintra a Manlio».

«Ma perché?».

«Boh, sunno idee che mi passano per la testa, te l'ho detto».

«E come mai Troina sinni sta muto?».

«Non credo che sinni sta muto pirchì non ha nenti da diri. Aspetta. Ho la 'mpressioni che tutti stanno fermi ad aspittari qualichi cosa. Vanno controcorrente».

«In che senso?».

«Oggi non c'è delitto nel nostro pàisi che non addiventi un intrattenimento televisivo. L'avvocato difensori che si piglia a mali paroli con quello di parti civile, il criminologo che è di parere diverso dal pm, il giornalista che dici il contrario del sò collega di un altro giornale, lo psicologo… Qua invece solo qualichi dichiarazioni di picca paroli, nenti polemiche, e, fatta cizzioni di Resta, nisciuno che piglia partito. Tutto fermo. Almeno in superficie, pirchì capace che sott'acqua c'è molto movimento. Senti, me l'offri un whisky?».

Nove

Tornò al residence che si sintiva chiuttosto stanco, era stata 'na jornata impegnativa assà. Mentri che si spogliava arriflittì supra alla parlata che aviva avuto con Gabriele Lamantia.

La storia che era vinuta fora dell'amanti invisibile di Amalia era 'na cosa seria assà, 'na cosa che avrebbe potuto dari tutta un'altra direzione alle indagini. Possibile che non era mai passato nella testa né di Bonanno né di Di Blasi di circari di accanoscirne chiossà sulla vita privata di una picciotta come Amalia, che non aviva da renniri conto a nisciuno della sò vita eppercciò era libera di fari quello che voliva, interroganno macari i Lo Curto? Era più che naturali che Amalia avissi avuto qualichi relazioni prima di Manlio ed era altrettanto naturali fari l'ipotesi che ad ammazzarla potiva essiri stato un ex 'nnamurato abbannunato.

No, non era possibile che non ci avivano pinsato.

Se non l'avivano fatto era pirchì avivano subito individuato, a colpo sicuro, il nome del possibile amanti tra quelli attrovati scritti nelle quattro agende.

E capace che l'avivano già sottoposto a interrogatorio, piglianno 'na gran quantità di precauzioni pirchì quel nome doviva appartiniri a 'na pirsona 'mportanti. E il fatto che le agende erano scomparse confermava l'importanza di quel nome.

Ma chi le aviva fatte scomparire? La prima risposta che viniva era: l'assassino stisso, sirvennosi di un infiltrato al tribunali.

Ma non sarebbe stato troppo tardi? Il commissario e il pm non avivano già liggiuto il sò nome? Vero era, ma 'na cosa è produrre a sostegno dell'accusa delle agende con tanto di nome scritto dalla stissa picciotta e 'n'altra cosa è annare a diri al judice di avercelo sulo visto.

Opuro potiva darsi il caso che le agende non erano mai scomparse. Capace che Di Blasi se le tiniva ammucciate in un cassetto per tirarle fora al momento giusto.

Ma ora si sintiva troppo stanco, aviva sulo gana di dormiri.

L'indomani a matino, alla riunioni, Marcello Scandaliato disse di aviri saputo con cirtizza che nel doppopranzo alle cinco il gip avrebbe interrogato a Manlio.

«Chi è?».

«Il gip? Galletto. Francesco Galletto».

«Com'è?».

«Pirsona onesta, ma un pignolo murritiusu della peggiori speci, quello è capace di fari un casino per una virgola fora posto».

«Previsioni?».

«Guarda, lui non può che convalidare il fermo oppure ordinare la scarcerazione, ma dato che non conosco le motivazioni del fermo, non sono in condizioni di fari previsioni. Ti posso solo dire che, conoscenno il modo di procediri di Galletto, alle motivazioni del pm ci farà il pelo e il contropelo. Oggi doppopranzo mi piazzo a palazzo di giustizia e appena ci sono novità, telefono».

«Chi di voi ha sentito a "Telepanormus" quello che Resta ha ditto stamatina all'otto?» spiò Giacomo Alletto.

Nisciuno dei presenti l'aviva sintuto.

«Era fora della grazia di Dio» continuò Giacomo. «Sostiniva di aviri saputo da fonte sicura che Di Blasi non aviva tinuto in nisciun conto la prova che lui gli aviva portato a favore di Manlio».

«E come fa a sapirlo?».

«Beh, il provvedimento di fermo è stato 'na risposta negativa».

«Solo che Resta non ci rivela in che consiste 'sta biniditta prova» fici Scandaliato.

«Io, indirettamente, l'ho saputa» disse Giacomo.

«Chi te l'ha detta?» spiò Michele.

«Di Blasi. Gli ho telefonato subito appresso».

«Ti ha risposto?!».

«Miracolosamente. Mi ha detto che Resta gli ha portato un testimone che ha visto firriare la machina di Manlio sotto la casa di Amalia, in cerca di un posteggio, che mancava picca alle otto».

«Quindi avvalorerebbe quanto ha sempre dichiarato Manlio».

«Infatti. E avenno spiato a Di Blasi pirchì non ne aviva tinuto conto, m'ha risposto che questo semmai annava a favore dell'accusa. Il testimone che ha visto Manlio alle otto dice la verità, sulo che Manlio era già stato a casa di Amalia due ore prima, l'aviva ammazzata, aviva fatto scomparire quello che doviva e po', alle otto, tornava per fingere di scoprire il cadavere».

«E macari questo funziona» concluse Scandaliato.

«Sono cominciati a circolari nomi in sostituzione di Scimone?» spiò Michele a Pace.

«Non ancora. Ma c'è un grandissimo fermento. Incontri riservati, telefoni bollenti, riunioni ristrette».

«E sul motivo delle dimissioni?».

«Silenzio assoluto. Si dice che Scimone non sia più manco in Italia».

«Che fa, si scanta?».

«Boh. Lui ha fatto sapiri che se ne è andato in vacanza proprio per evitare domande, interviste, telefonate».

«Insomma, dovremo aspettare».

«Pare che aspettare sia la parola d'ordine di questi giorni. Vedrai però che da domani comincerà a circolare qualche nome».

Priciso 'ntifico a come gli aviva ditto il senatore.

E a proposito del senatore, ecco come era arrinisciuto a sapiri che Alfio aspirava al posto sò: tra l'amiciuzzi dell'avversario Filippone, lui ci aviva di sicuro infiltrata qualichi spia.

Ristava invece senza risposta la dimanna: come aviva saputo che si scopava a Giuditta? E se l'aviva saputo il senatore, non lo potivano viniri a sapiri altri?

La cosa non gli piaciva per nenti. Al prossimo incontro, per il sì o per il no, avrebbe fatto in modo di troncare. Era la meglio.

La jornata, tutto sommato, passò bastevolmenti tranquilla. Alle cinco, che la riunioni del doppopranzo era appena accomenzata, arrivò 'na telefonata di Scandaliato. «Ho registrato una dichiarazione dell'avvocato Troina che ha accompagnato Manlio all'interrogatorio del gip».

«Che ti ha detto?».

«Che ha molta fiducia nella scrupolosità professionale e nell'integrità morale di Galletto».

«Queste sunno cose che si dicino sempri».

«Mi permetto di contraddirti, direttore. Non è una dichiarazione generica di fiducia, l'accenno all'integrità morale del gip non è usuale, pirchì l'integrità morale dei signori giudici si dà sempri per scontata, è fora discussioni».

«Allura, tradotto?».

«Caro Galletto, io so che tu sei 'na pirsona assolutamente perbene, perciò non mi deludere prestandoti al joco dell'altri. Come dire, un amichevole e pacato avvertimento. Tu che ne dici? È il caso di passarla opuro no? Secunno mia...».

Ma Michele non era 'ntirissato al parere di Marcello. E non aviva gana di discutiri.

«Facemu accussì. Se l'interrogatorio del gip si conclude con la convalida, non passiamo la dichiarazione di Troina. Se invece non convalida, la passiamo».

«D'accordo».

Marcello ritelefonò alle setti.

«L'interrogatorio è finito ora ora, è durato quasi due ore. Galletto ha dichiarato che renderà note le sue conclusioni domani matina sul tardi. Si è riservato la notte per riflettere. Che faccio?».

«Niente».

«Come, niente?».

«Niente. Fatti ripigliare davanti al palazzo e dici che doppo un interrogatorio durato dù ore eccetera eccetera...».

«E l'intervista a Troina?».

«Non la mandiamo».

«Ma pirchì? Avevi detto...».

«Marcè, la situazione è cangiata. Ora le parole di Troina possono acquistare un altro significato».

«E cioè?».

«Scusa, ma non me l'hai spiegato tu stesso che il senso della frase era un invito al gip di non prestarsi al joco?».

«Sì, e allura?».

«Allura, dato che Galletto si è riservato di decidere, le parole di Troina, in questo contesto diverso, potrebbero suonare come una pressione fuori luogo».

«Ma non lo era macari prima 'na pressione?».

«Sì, ma la pressione veniva esercitata nell'imminenza di un interrogatorio, cerca di capire. Era come un augurio e si sarebbe esaurita con la fine dell'interrogatorio stesso. Invece accussì, del tutto isolata, acquista un tono diverso».

«Come vuoi tu».

Appena partì la sigla del notiziario, Giuditta lo chiamò al cellulare. Stetti un attimo a pinsarisilla se arrispunniri o no, po' s'addecise e si misi in linea.

«Senti, siccome devo uscire con Agnese e capace che trovavi il telefonino spento...».

«Stavo per chiamarti» mentì.

«Ti volevo solo dire che Alfio parte domani mattina molto presto e spera di tornare in tempo per il notiziario di prima serata. Come vogliamo organizzarci?».

«Possiamo trovarci al ristorante dove siamo stati la volta scorsa verso mezzogiorno e mezza, mangiamo qualche cosa, poi andiamo a casa e ci restiamo fino alle cinque. Ti va?».

«Faccio una controproposta».

«Falla».

«Ci vediamo a casa alle undici, ci restiamo fino all'una, poi andiamo a mangiare, torniamo, e stiamo insieme fino alle sei».

«Aspetta un attimo che vedo che cosa ho da fare domani mattina».

Pirchì non aviva ditto subito di no alla proposta di Giuditta? Per stari tanticchia di più con lei prima di lassarla? Dovitti ammettere che, a conti fatti, gli viniva difficile. Ma gli tornò a menti quello che aviva riferito Scandaliato, che il gip avrebbe comunicato nella tarda mattinata la sò decisione.

«Senti, non è possibile».

«Ma perché?».

«Perché la riunione di domani mattina è importante. E se non ci sta Alfio, ci devo essere io. Facciamo come ho detto. A mezzogiorno e mezza al solito ristorante».

Alfio, alla fine del notiziario, s'appresentò per comunicargli quello che lui già sapiva.

«Ma è 'na cosa gravi l'operazione di tò matre?».

«Diciamo seria».

«Beh, auguri».

«Grazie. Comunque, vi informo se faccio a tempo a tornare per il notiziario di prima serata. Parto ora stesso, così potrò dormire qualche ora in casa di mamma».

«Ma non mi hai detto che l'operano domani mattina?».

«Sì, ma mi hanno telefonato che l'operazione è stata anticipata alle sette».

Giuditta di sicuro era già al corrente di quella telefonata quanno l'aviva chiamato. E se sapiva che sò marito sinni partiva subito, pirchì non gli aviva proposto di passare la nottata 'nzemmula?

In altri momenti, non si sarebbe persa l'occasione. O forsi quella nottata lei l'aviva in precedenza impegnata con Filippone? Non era 'na pinsata tanto sbagliata. Addecise di controllarla.

Si susì, chiuì la porta, tirò fora il cellulare e chiamò a Giuditta. Lei arrispunnì subito.

«Michele, che c'è?».

«Lo sapevi che Alfio sarebbe partito stasera?».

«Me l'ha detto poco fa, alla fine del notiziario».

«Guarda che se vuoi, possiamo…».

Lei ebbe un momento d'esitazione.

«È che…».

Forza Giuditta, inventati 'na bella scusa.

«Non puoi?».

«No, non posso, purtroppo».

E appresso, d'un fiato:

«Vado a cena in casa d'Agnese, c'è una riunione di ex compagne di scuola stabilita da tempo, faremo tardi. Sicuramente resterò a dormire da lei. Mi dispiace. Ci vediamo domani a mezzogiorno e mezza al ristorante. Buonanotte, amore».

«Buon divertimento».

Dovitti esagerari nel tono ironico, pirchì lei s'affrettò a commentare:

«Ma figurati! Sarà 'na gara d'invidie e maldicenze!».

Sì, doviva essiri il turno di Filippone e lei aviva avuto macari la facci tosta di dirgli che dormiva da Agnese! Che l'annasse a contare ad Alfio, quella farfantaria!

«Direttore, al telefono c'è la signora Pignato».

Il cori gli fici un tuffo tali che si scantò che gli viniva un sintòmo. Di sicuro era 'na cosa che arriguardava Giulia. Non arriniscì ad arrispunniri, aviva i denti 'nchiovati.

«Direttore? Al telefono».

«Va bene».

Approfittò di quei pochi secondi per riacquistare un minimo d'equilibrio.

«Salve, Mariè».

«Salve, Michè. Ti passo una persona».

Ce l'avrebbe fatta a parlari con una vucca addivintata di colpo accussì sicca?

«Ciao».

«Ciao».

E po', silenzio. Sintiva il sciato forti di lei accussì come lei sintiva quello di lui. Allura capitò che nisciuno dei dù ebbe gana di parlari, pirchì non c'era nenti da diri. Stettiro accussì, a sintirisi respirari, per un minuto sano. Po' Giulia disse:

«Ciao».

E riattaccò.

Mentri la matina appresso stava sutta alla doccia, squillò il telefono.

Santianno e lassanno 'na scia di vagnato, annò a rispunniri. Riconobbe immediatamente la voci di Totò Basurto. Come mai gli telefonava invece di comparirgli a sorpresa dintra alla machina o mentri stava piscianno?

«Scusami se ti disturbo, Michè. Ti volevo ricordare di fare gli auguri ad Antonio».

«Va bene, grazie».

Alla riunioni delle deci, l'unica novità la comunicò Pace.

«Pare che aieri, alla taci maci, ci sia stato un grosso movimento che riguarda la Banca dell'Isola».

«Un grosso movimento? E come mai non ne hai saputo niente?».

«Non solo io, ma macari tutti gli altri ne abbiamo saputo niente. È stato fatto tutto con molta abilità, velocità e segretezza».

«In che consiste 'sto movimento?».

«Nel passaggio di proprietà di un grosso pacchetto azionario».

«Da chi a chi?».

«Pare che sia stato Scimone a vendere».

«A chi?».

«Non si sa. Ma verrà fora, stai tranquillo. Macari in giornata stessa».

A mezzojorno Michele stava per nesciri e annare all'appuntamento con Giuditta quanno vinni fermato da 'na chiamata di Scandaliato.

«Senti, dall'ufficio del gip hanno comunicato che tra 'na mezzorata al massimo ci faranno sapiri la decisione».

«Perché mi hai telefonato?».

«Perché Alfio non c'è e quindi...».

«Vorresti che ci fossi io quando torni qua».

«Michè, la decisione del gip, quale che sarà, farà rumore. E io la devo commentare, non posso farne a meno. Se devo fare di testa mia, lo faccio, ma non voglio che doppo tu te ne esci...».

«Va bene, ti aspetto».

Sarebbe arrivato con tanticchia di ritardo all'appuntamento con Giuditta, ma pacienza. D'avvertirla, non era propio il caso, avrebbe attaccato 'na turilla che non finiva mai.

Trasì Pace chiuttosto agitato.

«È ufficiale, oggi doppopranzo si riunisce l'assemblea dei soci della Banca».

«Pirchì, secunno tia?».

«Beh, credo che il passaggio di quel pacchetto d'azioni abbia cangiato gli equilibri interni. Io ora esco e tento di saperne qualcosa di più. Vado a parlare con Jannuzzo, che è amico mio e che essenno un alto dirigente della Banca lui spisso le cose le sa. Ti posso chiamare in qualsiasi momento?».

«Sì. Vado a mangiare e torno in ufficio».

Lo disse squasi senza pinsaricci. L'appuntamento con Giuditta gli tornò a menti subito appresso. Ma c'era picca da fari, la machina si era evidentemente misa in moto e aviva accomenzato a procediri. Non potiva allontanarisi dal posto sò. Telefonò a Giuditta, ma quella aviva il cellulare astutato. Non vedendolo arrivare, avrebbe di sicuro richiamato lei.

A mezzojorno e quaranta arrivò la telefonata di Scandaliato.

«Non ha convalidato, cazzo!».

«Davero?!».

«Il gip Galletto ha ordinato l'immediata scarcerazione di Manlio! Ha comunicato che farà avere la moti-

133

vazione scritta entro domani, ma ha detto macari 'na cosa veramente strabiliante. La sentirai».

«Insomma, lo prioscioglie dall'accusa?».

«No, questo no. Manlio resta indagato. Ma Galletto non vede i motivi per tenerlo 'ncarzarato. Però... Sintirai quello che dice».

«Vieni qua?».

«No, aspettami, voglio aviri 'na dichiarazione di Troina in proposito e po' vengo».

La chiamata di Giuditta arrivò che era l'una meno un quarto.

«Michele, senti, è successo che...».

Si era priparato a dirle la virità, che non si sarebbero potuti incontrare, ma la voci di lei lo mise in sospetto.

«Che è successo?».

«Sta tornando Alfio, perciò... Tu dove sei?».

«Sto arrivando al ristorante».

'Na farfantaria più, 'na farfantaria meno, oramà non aviva piso.

«Mi dispiace tanto, ma...».

«Perché è tornato così presto?».

«M'ha detto che l'operazione a sua madre gliel'hanno fatta alle sette, che alle otto era finita, che è andata bene e che quindi non aveva motivo di restare. Peccato, ci eravamo organizzati così bene!».

«Viene direttamente in ufficio?».

«Credo di sì. Purtroppo non ci resta che sperare nella prossima domenica. Ho un desiderio di te che mi mangia viva. Ti bacio, amore».

Era già capitato che, sempri a causa di un ripensamento di Alfio, un loro appuntamento era dovuto annare a vacante. E in quelle occasioni i pesanti insulti di Giuditta contro il marito si erano sprecati.

«Si vede che si è sentito prudere le corna».

«Forse le corna che ha già gli pesano troppo e vuole un attimo di tregua…».

Come mai 'sta volta era parsa solamenti dispiaciuta, anzi rassegnata?

Forsi, durante la nottata passata con Filippone, questi era vinuto a sapiri qualichi cosa e Giuditta, d'accordo con l'amante, l'aviva comunicato ad Alfio. Il quali si era affrettato a tornari. Per essiri sul campo.

«Direttore, Marcello dice se può raggiungerlo al montaggio. È quasi l'una, io andrei a mangiare».

«Vai pure, Cate».

«E lei? Vuole che le porti un panino?».

«Non ho pititto, grazie».

Si susì, niscì dall'ufficio, traversò il corridoio, pigliò l'ascensori che lo portava alle salette montaggio.

Dieci

«Per prima cosa» disse Scandaliato «ti faccio sintiri la dichiarazioni di Galletto».

Il gip era un omo sicco sicco, occhialetti d'oro, 'na varbetta caprigna, 'na voci squasi fimminina, di chiaro caratteri nirbùso.

Non ho ritenuto di convalidare l'arresto del signor Manlio Caputo, ordinandone di conseguenza l'immediata scarcerazione, in quanto le motivazioni addotte dal pm non sono assolutamente supportate da prove idonee a giustificare un provvedimento restrittivo. Ritengo perciò che gli indizi rimangano tali a tutt'oggi. Aggiungo anche che si tratta di indizi che, ove fossero ben valutati, assai difficilmente potrebbero comportare non dico misure restrittive, ma addirittura un qualsivoglia provvedimento d'ordine giudiziario.

«Ma se lo potiva permettiri il gip di diri 'st'ultima frase? Non ti pari eccessiva?».

«Certo che è eccessiva e fora posto. Lui può demolire il travaglio del pm, ma non può sostiniri che Manlio è 'nnuccenti o quasi».

«E allora perché l'ha detta?».

«Sai, non è la prima volta che Galletto sconfina. È

fatto accussì. In una situazione come a questa, forsi non era l'omo giusto. Si deve essere veramente 'ncazzato per l'inconsistenza delle motivazioni del fermo».

O invece era l'omo giusto al posto giusto – pinsò Michele.

«Vedrai che Di Blasi reagirà. Ne ha tutte le ragioni» continuò Marcello.

«Non ne sono tanto sicuro».

Squillò il telefono, il tecnico arrispunnì, passò il ricevitore a Michele.

Era Alfio.

«Sto arrivando».

Cioè a dire: aspettatemi per pigliare qualisisiasi decisioni.

«Dove sei?».

«Tra un'orata sarò lì».

«Vabbene. E la dichiarazione di Troina ce l'hai?» spiò Michele posanno il ricevitore.

«Sì, ma non dice niente di sostanziale».

Massimo Troina, stranamente, non era come Michele s'aspittava che fosse.

Aviva la facci scurusa e non sorridiva.

Non ho nulla da aggiungere a quanto dichiarato dal gip dottor Galletto.

«Ma come?!» si stupì Michele. «Galletto praticamente proscioglie a Manlio e Troina appare dispiaciuto?».

«Beh, lo devi capire. Galletto gli ha rubato la parte. Qua pare che il difensore sia il gip».

«Non credo che sia solo per questo».

«E perché altro?».

137

«Credo che Troina si sia reso conto, attraverso le parole di Galletto, che le cose non stavano come apparivano».

«Ti vuoi spiegare?».

«Ti faccio una domanda. Lo sai chi è il più contento di tutti in questo momento, a parte Manlio, naturalmente?».

«Suo padre, l'onorevole Caputo».

«Quello non lo metto in conto, certo che è soddisfatto per la scarcerazione del figlio. No, io credo che la pirsona più contenta di tutti è proprio il pm Di Blasi».

«Ma che dici?! Ma se Di Blasi ne esce smerdato!».

«Pacienza. Veni a dire che si fa 'na lavata bella longa e po' si duna tanticchia di profumo».

«No, questa me la devi propio spiegari!».

«Credo che Di Blasi abbia ripetuto quello che tante volte è stato fatto da altri colleghi sò con le sentenze cosiddette suicide».

«Quelle scritte apposta per non farle reggere a un ricorso?».

«Esatto. È troppo intelligente, Di Blasi, per aviri motivato l'arresto con una serie di minchiate facilmente confutabili. No, secunno mia, Di Blasi voliva arrivari a questo, alla non convalida».

«Ma pirchì, santo Dio?».

«Possono essirici diverse spiegazioni. La prima che mi viene in mente è che voglia che Manlio si senta rassicurato e faccia un passo falso. Tanto, sempre indagato resta, macari se Galletto mette in discussione gli indizi. Opuro ce n'è una che m'accomenza a pariri più logica di tutte. Ma ora come ora non te la voglio diri».

«Senti, comunque, la dichiarazione di Troina è inutile e la taglio».

«No, lassala. È breve, la passiamo a compenso di quella dell'altra volta che non gli abbiamo passata. Altrimenti capace che accomenza a protestari. Spicciati, mancano deci minuti all'andata in onda. Nel commento che farai, stai attento a spiegare bene l'importanza delle ultime parole di Galletto. Le devono capire tutti».

E tutti accussì avrebbero potuto macari notare il contrasto tra la facci scurusa di Troina e la dichiarazioni sostanzialmenti assolutoria di Galletto e se ne sarebbero addimannati il pirchì. Non ci faciva 'na bella figura, il signor avvocato difinsori.

Stava per nesciri e tornare nel sò ufficio che il telefono sonò novamenti.

«È per lei» fici il tecnico.

Era Pace.

«Michè, questo passaggio di pacchetto sta facenno succediri un tirrimoto, accussì mi ha detto Jannuzzo. Sono a pranzo con lui. Oggi alle quattro c'è un'assemblea dei soci».

«E che possono decidere?».

«Secunno Jannuzzo, e macari io sono d'accordo, quello che ora possiede il pacchetto che era di Scimone, vuole farsi largo».

«Si sa chi è?».

«Ancora no. Ma oggi per forza dovrà viniri fora. Michè, guarda che la cosa è grossa. E io ho bisogno di sapiri, in ogni momento, come cataminarmi».

«Non mi muovo. Chiamami quando vuoi».

Quanno scinnì, Cate era tornata dall'aviri mangiato.

«Avevo avvertito il centralino di passarle le telefonate in sala montaggio».

«Hai fatto bene, grazie».

Non arriniscì manco a trasiri nell'ufficio sò che vitti comparire a Giacomo Alletto con l'occhi fora dalla testa.

«Mi ha telefonato ora ora un amico dalla questura. Pare che Bonanno ha domandato di essiri sollevato dall'indagine su Manlio».

«E pirchì?».

«I soliti motivi personali. Vado a vidiri se la notizia è vera o no».

E questo viniva a significare che la machina non sulo si era messa in movimento, ma aviva accomenzato a corriri rischianno di mettiri sutta a tutti quelli che aviva attorno.

Forsi Bonanno era il primo di quelli che non erano arrinisciuti a scansarisi a tempo.

E il bello era che chi aviva girato la chiavetta dell'accensione, Galletto, l'aviva fatto senza sapirlo. L'avivano a bella posta fatto assittare al posto di guida e, accanoscennolo bene, sapivano che prima o poi avrebbe addrumato il motore.

«Michè? Sono Alfio».

«Dimmi».

«Sono arrivato, ma mi sento troppo stanco per venire in ufficio. Mi riposo tanticchia e vengo alle cinco».

Aviva saputo della dichiarazione di Galletto. Epperciò doviva annare a pigliare ordini da Filippone, dato che la situazione si stava facenno complicata. Chi faciva un sulo passo sbagliato, rischiava di vinirisi a trovari nella traiettoria della machina.

Perciò la telefonata che Cate gli passò verso le tri del doppopranzo, per quanto inusuale, per quanto fora da ogni modo consueto di procediri, non lo pigliò tanto di sorpresa.

«Sono Di Blasi. Buongiorno».

«Buongiorno, dottore».

«Noi due non abbiamo mai avuto occasione di conoscerci, vero?».

«Purtroppo no».

«Senta, mi rivolgo a lei in qualità di responsabile del telegiornale regionale per chiederle un favore».

«Mi dica».

«Vorrei fare una dichiarazione in merito agli ultimi sviluppi dell'inchiesta su Manlio Caputo».

«Manderò senz'altro qualcuno alla conferenza stampa».

«No, guardi, non voglio tenere una conferenza stampa primo perché la ritengo, come dire, non rientrante nell'ambito della doverosa condotta di un magistrato e secondo perché non voglio essere sottoposto a un fuoco di fila di domande inopportune alle quali, per dovere d'ufficio e per discrezione, sarei impossibilitato a rispondere».

Inopportune? Non era l'aggettivo giusto, era meglio imbarazzanti.

«Capisco perfettamente».

«Quindi ho pensato che facendo una dichiarazione a voi, che siete in un certo senso la televisione istituzionale, che non fa insinuazioni o commenti fuori posto, si eviterebbero...».

«Ma certo, dottore. Come vogliamo procedere?».

«Mi può mandare in ufficio Giacomo Alletto che con me ha già...».

«Quando?».

«Subito».

«Dottore, in questo momento Alletto è impegnato in questura. Posso mandarle Marcello Scandaliato».

«Sì, anche Scandaliato va bene. La ringrazio di tutto».

«Ma si figuri!».

Avvertì a Marcello che partì di cursa con un operatore e un fonico.

«Direttore, c'è il dottor Guarienti».

«Passamelo».

«Ciao, Michele».

«Ciao, Arturo. Dimmi».

«Entro subito in merito. Per cause di forza maggiore, per una quindicina di giorni almeno, non potrai contare sulla collaborazione di Alfio Smecca».

«Che significa?».

«Siccome Andrea Barbaro deve assentarsi da domani per una quindicina di giorni, bisogna che qualcuno lo sostituisca alla sede di Catania. Ho pensato a Smecca che oltretutto è catanese. Domattina deve essere assolutamente sul posto. Glielo dici tu o glielo dico io?».

«Non è in ufficio. È a casa sua. Diglielo tu, tanto il suo cellulare ce l'hai già, no?».

La botta, data a sangue freddo, pigliò alla sprovvista a Guarienti che balbettò:

«Non... non so... se...».

«Guarda bene, da qualche parte devi avercelo».

E riattaccò.

Che aviva ditto il senatore? «Vediamo come si mettono le cose e doppo, se è il caso, sistemiamo ad Alfio». E l'aviva sistimato come sapiva fari lui, mannannolo in esilio. Sciglienno il momento priciso. Ebbe la cirtizza che ad Alfio, a Palermo, non l'avrebbero più riveduto.

«Tu, figlio mio, non ti devi prioccupare».

«Direttore, è confermato. Bonanno è fora dall'indagine. L'ha addimannato lui per motivi personali».

«E tu ci cridi?».

«No».

«Si sa chi lo sostituisce?».

«Sì, il dottor Lo Bue. Che faccio?».

«Che vuoi fare? Torna».

E accussì il signor questore era arrinisciuto a scansarisi appena in tempo dalla machina, prontamente appuiannosi supra alle spalli di Bonanno che era stato scrafazzato al posto sò.

«Cate? La riunione invece che alle cinque si farà appena lo dirò io. Dì a tutti di non allontanarsi».
«Va bene, direttore».
«Appena torna Marcello, che venga subito da me».

«Michè, Guarienti m'ha telefonato e...».
«So tutto, aveva prima chiamato a mia».
«Senti, non faccio a tempo a venire in ufficio, devo preparare le valigie, ho 'na quantità di camurrie da sistemare».
«Non c'è problema».
«Me li saluti tu i ragazzi?».
«Certo. Ci rivediamo tra 'na quinnicina di jorni. Vedrai che a Catania ti troverai benissimo».

«Amore, sono uscita da casa dicendo ad Alfio che dovevo comprare una cosa solo per poterti parlare. La sai questa storia che l'ha chiamato Guarienti?».
«Sì».
«Che ne pensi?».
«Beh, potrebbe essere un'ottima occasione per lui».
«In che senso?».
«Barbaro va in pensione tra due mesi».
«Ho capito. Sai, Alfio desidera che parta con lui. Anzi, vuole che guidi io perché lui è stanco di questo avanti e indietro. Ho provato a dirgli di no, che così su due piedi... ma ha tanto insistito che...».

Giuditta per Alfio era sempri 'na bona carta, fallita la partita di Palermo, era meglio jocarsela supra a un tavolo novo come era quello di Catania.

«Mannaggia, avremmo potuto passare quindici giorni splendidi!» fici ipocrita Michele.

Era quello che Giuditta voliva sintirisi diri.

«Ho pensato di fare così, amore: fra quattro o cinque giorni trovo una buona scusa e torno a Palermo. Che ne dici? Abbi fiducia nella tua Giuditta. Almeno per una notte, potremo stare insieme. E ora devo proprio scappare. A presto, amore».

Addio, Giuditta.

Tuppiarono, trasì Scandaliato.

«Com'è andata?».

«La dichiarazione Di Blasi l'ha fatta, ma...».

«Ti vedo più confuso che pirsuaso».

«Non ci ho capito 'na minchia. Aviva accomenzato a diri dù paroli quanno trasì uno di cursa, disse qualichi cosa all'oricchio di Di Blasi e sinni niscì. Lui mi spiò se sapivo che Bonanno era stato sostituito da Lo Bue».

«Evidentemente quello gli era andato a dire che Lo Bue...».

«Macari io l'ho capito, altrimenti non mi faciva quella dimanna. Io gli arrispunnii che non lo sapivo, ed era la virità. Allura ci prigò di nesciri dall'ufficio e di annare nell'anticàmmara. Ci disse che ci avrebbe richiamato tempo un quarto d'ora. Invece ci fici aspittari 'na mezzorata bona e doppo registrò la dichiarazioni. Ora acchiani in montaggio con mia e me la spieghi».

Ritengo sia mio preciso dovere dichiarare che le parole con le quali il collega Galletto ha ritenuto di non convalidare il fermo di Manlio Caputo, richiesto da questo ufficio in ordine all'omicidio di Amalia Sacerdote, anziché spingermi a controbatterle, mi hanno invece indotto a una non facile rimessa in discussione di tutto il quadro accusatorio. Cosa che sto facendo in queste ore con assoluta lucidità e con l'animo sgombro da qualsiasi sentimento di rivalsa. In quest'ottica, spero pertanto che la collaborazione col dottor Gerlando Lo Bue, che sostituisce il dottor Ernesto Bonanno, al quale vanno i miei sentiti ringraziamenti, possa imprimere una decisa svolta alle indagini.

«Allura, me la spieghi?».

«Non è chiara manco per me. Comunque, non te l'avevo anticipato che Di Blasi non avrebbe protestato contro Galletto? Mi pare che è l'unica cosa chiara che dice».

«Vero è. Dimmi che devo fare: la monto o non la monto?».

«Sì, la passiamo solo per non fare un torto a Di Blasi».

Non era vero che non gli era chiara. Gli era chiara, eccome! E la passava non per non dispiaciri a Di Blasi, ma pirchì quella dichiarazioni era la chiave di volta di tutta la costruzione faticosamente principiata in quelle jornate, un mattone lo metti tu, uno lo metto io, se ne levi uno tu, uno ne levo macari io. Di Blasi diciva a chi era in grado di capirlo che lui era pronto a ritirare l'accusa d'omicidio contro Manlio Caputo. E ora aspittava la risposta all'offerta.

Sulo che Michele non era ancora arrinisciuto a capiri qual era la posta in palio, macari se 'na mezza idea oramà se l'era fatta.

Pace lo chiamò che mancava picca alle sei.

«Ora ora hanno sospeso l'assemblea dei soci».

«Che hanno deciso?».

«Non si sa, hanno tutti la vucca chiusa. Ma ripiglieranno a riunirsi alle novi di stasira».

Pirchì pigliavano tempo? Po' si detti la risposta da lui stisso. Ora gli era chiaro quello che doviva fari.

«Restatene lì. Appena hai notizie, mi raccomando, fatti vivo. Attento, forse ti mando in diretta nell'ultimo notiziario».

«Cate?».

«Sì, direttore».

«Riunione tra cinque minuti».

«Ragazzi, vi devo comunicare che il nostro caro Alfio è stato mandato a Catania per sostituire momentaneamente Barbaro. Tra una quindicina di giorni avremo il piacere di riaverlo con noi».

«Come pensi di fare?» spiò Gilberto Mancuso.

La cosa l'interessava, spirava di passari in prima sirata.

«Guardate, ho deciso così. Stasera sarò io stesso a condurre i due notiziari. Da domani, tu, Gilbè, sostituisci Alfio. Marcello continuerà a fare il notiziario della matina e Pace quello di secunna sirata».

Tutti felici e tutti contenti.

«Dunque, abbiamo una dichiarazione di Di Blasi, raccolta da Marcello su richiesta dello stesso pm, che a mio parere merita l'apertura. La darò così com'è, senza commenti. Subito appresso, mi pare giusto che si parli della sostituzione di Bonanno con Lo Bue e quindi...».

«Mi permetti?» interrompì Scandaliato. «Siccome nella sua dichiarazione Di Blasi accenna a questa sostituzione, non sarebbe meglio invertire? Prima dare la notizia della sostituzione e doppo mandare in onda la dichiarazione del pm, accussì gli ascoltatori sanno di cosa sta parlando».

Ma non era forse vero che in certe operazioni cangiando l'ordine dei fattori il prodotto non cangiava?

«Hai ragione» disse Michele.

Il notiziario, doppo la sigla, si riaprì immediatamenti col mezzo busto di Michele.

Buonasera. Apriamo con una notizia certamente destinata a suscitare non pochi interrogativi. Il commissario dottor Bonanno che ha affiancato il pm Di Blasi nell'indagine sull'omicidio della studentessa Amalia Sacerdote, ha chiesto, per motivi strettamente personali, di essere sollevato dall'incarico. Il questore ha accolto la sua richiesta e lo ha sostituito con il suo collega dottor Lo Bue. Come i nostri ascoltatori hanno avuto modo d'apprendere dal nostro notiziario delle 13 e 30 il gip dottor Galletto non ha convalidato il fermo di Manlio Caputo, sospettato dell'omicidio della studentessa. In seguito a ciò, il pm Di Blasi ci ha rilasciato in esclusiva questa dichiarazione.

Andò in onda Di Blasi, po' ricomparse Michele.

Desideriamo solo aggiungere che questa dichiarazione non può che confortarci tutti, in quanto il dottor Di Blasi, con una lealtà e un coraggio rari ai nostri giorni, si dimostra pronto a rivedere le proprie convinzioni alla luce di nuovi, eventuali fatti, in nome della ricerca della verità. E ora un servizio su...

Aviva fatto quello che doviva fari. Era stato come spingere un pulsante e fari scattare il disco virdi del semaforo. Accussì la machina avrebbe potuto continuare a corriri senza intoppi.

Undici

Quanno, partita la sigla di chiusura, si susì per nesciri dallo studio, si vitti davanti a Gilberto Mancuso
che gli pruiva la mano e gli sorridiva.

«Sei stato bravissimo! Non hai perso l'abitudine! Spero che domani mi dirai come me la cavo io in prima serata!».

«E che dubbi hai, Gilbè?».

Non si potiva propio diri che il trasferimento di Alfio, sia pure provvisorio, aviva addolorato la redazione. Anzi. Se si potiva prolungari chiossà quel trasferimento sarebbe stato meglio per tutti. Alfio era uno
strunzo che non miritava il posto di redattore capo e
lui diverse volte era dovuto 'ntervenire a cummigliare
le fesserie che faciva. Per amuri di Giuditta. Amuri?

'Nzumma, quello che era stato.

Era da quanno gli avivano dato la promozioni che non
compariva in video e quel tanticchia di inevitabili
nirbùso provato davanti alla telecamera gli aviva fatto
smorcare il pititto, a mezzojorno non aviva avuto tempo di mangiari e ora 'nni sintiva l'effetto.

Taliò il ralogio. Le novi meno un quarto. Il tempo
di un panino l'avrebbe avuto.

Doviva avvirtiri a Cate che scinniva al bar epperciò trasì nell'ufficio della segretaria. Ma quella, che aviva il ricevitore in mano, lo fermò.

«Direttore, c'è il dottor Di Blasi al telefono».

Se l'aspittava.

«Passamelo di là».

«Carissimo, la volevo ringraziare per le veramente inaspettate parole che lei ha così gentilmente voluto...».

A cinìsi cortesi, cinìsi cortesi e mezzo.

«Parole tanto doverose quanto spontanee, dottore».

«Soprattutto confortanti, direi» riattaccò Di Blasi doppo tanticchia.

E tirò un sospiro percepibile via cavo. Michele accapì a volo. Quella non era 'na semplici telefonata di ringrazio. Il pm aviva qualichi cosa da dirgli. Sulo che voliva essiri assecondato.

«Ci sono state reazioni alla non convalida?».

«Reazioni? Una bufera!».

Era stata la dimanna giusta.

«Il mio capo, il dottor Sallustio, è letteralmente subissato di telefonate. Tutti vogliono la mia testa. Soprattutto, come lei può ben capire, i politici della parte dell'onorevole Caputo. Inoltre il ministro ha deciso di mandare gli ispettori. Questo mi ha particolarmente addolorato. Lo sa? In ventisette anni di lavoro, non ho mai, dico mai, ricevuto un minimo appunto per il mio operato! E ora, invece... Mi è giunta anche una voce che, se vera, è la classica goccia che fa traboccare il vaso».

«Potrebbe farmene cenno?».

«È una voce, torno a ripetere, ma temo che risponda a verità. Pare che il dottor Sallustio domani avochi a sé l'inchiesta. Capisce? Sarebbe come consegnarmi una pubblica patente d'incapacità, non trova?».

«Oddio, dottore, non la prenderei in questo modo. Se avesse passato la cosa a un altro collega capirei, ma così...».

«No, no, mi creda, è come dico io. Tanto più che...».

Era Di Blasi a portare il discorso. A interrompersi al momento giusto pirchì lui facisse la dimanna appropriata.

«Tanto più che?» spiò, come l'altro voliva.

«Tanto più che la collaborazione col dottor Lo Bue si presenta fin dalle prime battute assai problematica».

«Ah, sì?».

«Purtroppo. Ho avuto un lungo colloquio con lui. Punta in tutt'altra direzione».

«E questa direzione sarebbe?».

«Non posso proprio dirglielo. Segreto istruttorio. Ma mi creda, sono addivenuto a una conclusione inevitabile. Se il dottor Sallustio avoca, mi dimetto dalla magistratura».

«Dottore, ma che dice?!».

«Per salvaguardare la mia dignità, la mia specchiata onorabilità, non mi resta altro da fare».

«Ci ripensi, dottore. Non è la prima volta che questo capita. E nessuno mai ha minimamente pensato...».

«Io invece la penso a modo mio. La mia decisione è quindi irrevocabile. Anzi, carissimo, sa che le dico? Che appena sente che Sallustio ha avocato, lei può tranquillamente dare la notizia delle mie dimissioni, senza chiedermi conferma. La ringrazio di cuore d'avere ascoltato questo mio sfogo privato».

Privato, 'na minchia. Chiaramente, Di Blasi voliva che la sò decisioni viniva in qualichi modo risaputa. Altrimenti non gli avrebbe contato quella storia. Era troppo abile per sapiri quanno doviva tiniri la vucca chiusa e quanno parlari. Ma lui non potiva darla nel notiziario, lì potiva passare sulo fatti certi ed era un limite che in quel momento non voliva in nisciun modo superare. Forsi pirchì quel limite sarebbe stato costretto a superarlo da lì a qualichi orata, nel notiziario della notte, se le cose annavano in un certo modo. Eppercioò farlo dù volte nella stissa trasmissione sarebbe stato sbagliato. Non c'era propio posto per Di Blasi. Ma 'na mano, che sarebbe tornata utili a tutti, gliela potiva dari lo stisso.

«Cate? Cercami a Lamantia e digli che mi chiami immediatamente sul cellulare».

Squasi subito il telefonino squillò.

«Michè, che c'è?».

«Ti rigalo 'na notizia frisca frisca che io non posso dari, ma che tu ti puoi annare a vinniri ora subito a Resta».

«Sarebbe?».

«Domani a matino il procuratore capo Sallustio avoca l'inchiesta sull'omicidio di Amalia e di conseguenza Di Blasi, che considera la cosa come un'offesa, si dimetti dalla magistratura».

«Minchia! Ne sei sicuro?».

«Sicurissimo».

«Chi te l'ha ditto?».

«Non posso fari nomi. Ma ci puoi mittiri la mano sul foco. Ah, senti, Gabriè, stasira non vengo al ristorante, sono stanco, facciamo per domani, ti sta bene?».

Alle deci e un quarto chiamò Gerlando Pace.

«La seconda parte dell'assemblea è stata brevissima. È durata un'ora appena».

«Che si sa?».

«Hanno sostituito a Corradino Scimone come consigliere».

«Con chi?».

«Con uno che solo nella seconda parte dell'assemblea ha raggiunto l'unanimità dei voti».

«Nella prima parte non ce l'aveva?».

«No. Si opponeva Ottavio Tessitore».

«E chi è?».

«Uno messo lì dall'onorevole Caputo. Pare che siano culo e cammisa».

«E pirchì doppo ha ditto di sì?».

«Boh».

Ma Michele lo sapiva. Tessitore aviva ditto di sì doppo aviri sintuto in televisione la dichiarazione di Di Blasi che preludeva alla nisciuta fora dai guai di Manlio Caputo.

Come faciva la canzoni? «Io ti do 'na cosa a te, tu mi dai 'na cosa a me».

«E ora che succede?».

«Ora che il consiglio d'amministrazione è di nuovo al completo, il presidente lo eleggeranno alla prossima seduta che è fissata per dopodomani».

«Chi è il nuovo consigliere?».

«Non l'hanno detto. Riservatezza totale. Domani a mezzogiorno faranno un comunicato».

«Non è che durante la notte se la ripensano?».

«Questo è impossibile».

«Ma allura pirchì non l'hanno ditto subito?».

«Forsi ci sono ancora movimenti interni da fari, aggiustamenti…».

«Quindi dovremo aspittari ancora per sapiri…».

«Ma io ho parlato con Jannuzzo che mi ha spiegato come e qualmente il novo consigliere non può essere altro che quello che ha ora il pacchetto azionario di Scimone».

«E cioè?».

«Antonio Sacerdote».

Ora tutto quatrava. Che gli aviva ditto a telefono Totò Basurto? «Ricordati che oggi devi fare gli auguri ad Antonio».

Alle deci e mezza sintonizzò l'apparecchio che aviva in ufficio su «Telepanormus». Il notiziario era accomenzato tanticchia in anticipo, sullo schermo comparse la facci di Resta, tanto russa di raggia che pariva che il televisori aviva i colori sballati. Ogni tanto, per la foga con la quali parlava, persino s'inceppava.

… no, non si tratta di dignità offesa, il dottor Di Blasi lascia la magistratura solo perché ha paura dell'inevitabi-

*le ispezione ministeriale che porterà alla luce la sua con-
dotta a dir poco riprovevole. Noi, mettendo a rere... re-
pentaglio l'incolumità nostra e quella dei nostri famiglia-
ri, abbiamo po... portato al dottor Di Blasi una testimonianza inequivocabile, indiscutibile, della quale egli non
ha voluto in nessun modo tenere conto, persistendo...*

Astutò. Ora toccava a lui. Pigliò 'na biro, scrisse qualichi appunto, riliggì lo scritto, po' strazzò il foglietto
a pezzetti minuti e li ghittò nel cestino. Si era chiari-
to quello che doviva diri. Allura lo riscrisse in bella supra a un altro foglietto che si misi 'n sacchetta.

«Cate, chiamami a Filippo Butera».

«A palazzo di giustizia?».

«Chi vuoi che ci sia a quest'ora al palazzo di giustizia? Qualichi surci che si mangia le pratiche. No, cer-
calo a casa sua».

«Ciao, Michè. C'è cosa?».

«Scusami se ti disturbo, Filì. L'hai sentito quello che
ha detto Resta a "Telepanormus"? C'è qualche reazio-
ne?».

«A proposito delle annunziate dimissioni di Di Blasi?».

«Sì».

«Di quella trasmissione sono stato informato dai
colleghi, io non l'ho vista. Ho ricevuto diverse telefonate. Ti devo dire però che la voce delle dimissioni di
Di Blasi non ci ha pigliato di sorpresa, circolava già a
palazzo un'ora dopo la non convalida».

«Ma se ha fatto quella dichiarazione nella quale diceva di voler continuare le indagini tenendo conto delle osservazioni del gip?».

«L'ha fatto per pigliare tempo. Voliva essiri sicuro di quello che gli avivano promesso se si livava dai cabasisi».

«E cioè?».

«Pare che sia il candidato unico alla presidenza del consorzio per lo sviluppo portuale. Che è di nomina regionale. Si vidi che ha avuto tutte le assicurazioni possibili e immaginabili, epperciò ha fatto trapelare la notizia delle dimissioni. La dignità, l'onore offiso e via discorrenno, sunno tutte minchiate».

«Grazie, buonanotte».

Riattaccò.

«Io ti do 'na cosa a te, tu mi dai 'na cosa a me».

Sulo che la cosa a Di Blasi non gliela davano pirchì si livasse dai cabasisi, come cridiva Butera, ma per come si era comportato dalla scoperta dell'omicidio d'Amalia in poi.

Da Roma, avivano avvirtuto che tutta la programmazione della rete stava sciddricanno di deci minuti. Epperciò macari il notiziario regionale sarebbe accomenzato più tardi.

Caminanno per raggiungere lo studio, vitti che gli uffici erano vacanti.

Tutti sinni erano già ghiuti a la casa. Meglio accussì, non ci sarebbero state reazioni interne.

Arrivò in studio, salutò i tecnici, s'assittò e aspittò. Po' finalmente partì la sigla di testa.

*Buonasera, cominciamo con una notizia che riguarda la
Banca dell'Isola, il nostro maggiore istituto finanziario che
sotto la presidenza del dimissionario Corradino Scimone
sempre più decisamente si è prodigato per lo sviluppo in-
dustriale della Sicilia. L'assemblea dei soci, riunitasi nel
pomeriggio, ha, in serata e con un voto alla fine unanime, eletto un nuovo consigliere al posto del dimissionario Scimone. Del nuovo consigliere non è stato fatto il nome, riservandosi la Banca di emettere un comunicato previsto per domattina. E ora un servizio di Angelo Careca
sul perenne problema della carenza d'acqua.*

Il servizio durò quattro minuti e quarantasette. Troppo longo, i servizi erano sempri troppo longhi. Ne
avrebbe parlato con la redazione alla riunione dell'indomani a matino.

*Alla presenza del presidente della regione e delle auto-
rità provinciali, è stato inaugurato a Bagheria un grande
complesso scolastico.*

Tri minuti.

*È stato catturato dai carabinieri nelle campagne del
trapanese Pasquale Mitolo, boss mafioso pluriomicida e latitante da sette anni. Nostro servizio particolare.*

Quattro minuti e dieci.

*Un barcone alla deriva al largo di Scoglitti, carico di ol-
tre un centinaio di extracomunitari, è stato soccorso da mez-
zi della nostra guardia costiera. Servizio di Giovanni Lo-
surdo.*

Tri minuti e mezzo. L'assistente di studio gli fici 'n-
zinga che quello che avrebbe annunziato sarebbe stato l'ultimo servizio.

Si è spento nella sua abitazione di Palermo, all'età di 96 anni, l'onorevole Domenico Sferlazza, uno dei padri fondatori dell'autonomia siciliana. Un ricordo di Manuela Trincanato.

Mentri scorrevano le immagini, cavò fora dalla sacchetta il foglietto, lo raprì e si misi a leggerlo. Fici finta di non vidiri i signali dell'assistenti che gli comunicava che tra qualichi secondo sarebbe toccato a lui. Infatti, quanno lo inquatrarono, vinni sorpreso con la facci calata verso il foglietto che tiniva tanticchia sollevato con la mano. Po' isò l'occhi addimostranno 'na liggera surprisa e subito appresso accomenzò a parlari.

Ci è giunta in questo momento la notizia che il nuovo consigliere della Banca dell'Isola è il dottor Antonio Sacerdote, che ha ottenuto il voto unanime degli altri membri del consiglio d'amministrazione. Il dottor Sacerdote, da diciotto anni segretario capo dell'assemblea regionale, può vantare un patrimonio di vaste e solide conoscenze delle molteplici e complesse realtà della nostra isola, avendo operato per così lungo tempo da un osservatorio privilegiato e, in un certo senso, super partes. La stima e la fiducia che ha saputo conquistarsi in tutti gli schieramenti politici, la trasparenza del suo agire, la correttezza sempre dimostrata in ogni occasione, fanno sperare che il suo contributo all'interno della Banca possa essere, come lo è stato fino ad oggi per l'assemblea regionale, sempre più impegnato e risolutivo. Questa era l'ultima notizia. Buonanotte.

Aviva fatto gli auguri ad Antonio, a Nino Sacerdote, come voliva Totò Basurto, anzi meglio, come voliva il senatore.

E ora, mentri tornava dallo studio nel sò ufficio, l'auguri li fici a se stesso.

Le sò paroli, certo, non sarebbero passate sutta silenzio. Qualichiduno gliene avrebbe spiato conto e ragione.

Attrovò a Cate al telefono. Lei cummigliò la cornetta con una mano e gli fici a voci vascia:

«Lamantia».

«Ora lo piglio. Ma tu dopo vattene a casa».

«Se lei si trattiene…».

«Sì, ma tu vattene, passa le chiamate direttamente sul mio telefono. A domani».

Supra alla sò scrivania il telefono già sonava.

«Gabriè? Dimmi».

«Un burdellu facisti, Michè, con quello che hai ditto ora ora!».

«In che senso?».

«Sono al "Giornale di Sicilia". Stanno facenno 'na ribattuta a gran velocità. E lo sai il titolo? "Antonio Sacerdote nuovo presidente della Banca dell'Isola?". Ci mettono il punto interrogativo, ma l'articolo dà la cosa come certa. E macari a Catania "La Sicilia" sta facenno 'na ribattuta con un titolo quasi uguale».

«Gabriè, non so se mi hai sentito, ma io mi sono limitato a diri che Sacerdote era trasuto a far parte del consiglio d'amministrazione, non ho parlato di presidenza e cose simili».

«Michè, 'u 'nnuccintuzzu non lo fari con mia!».

«Senti, Gabriè, ho cangiato idea. Ci vediamo al ristorante tra 'na mezzorata? Tanto restano aperti sino alle dù e mezza di notti».

«Ah, un momento, me lo stavo scordando, l'hai saputo quello che sta capitanno a Filippone?».

«All'onorevole? No».

«Lo sai che lui è proprietario di 'na grannissima azienda agricola che riceve cospicui contributi comunitari?».

«Sapevo che aveva 'st'azienda, ma non dei contributi. Pirchì, che gli è successo?».

«È successo che stamatina c'è annata la guardia di finanza a fari 'na perquisizione».

«Vorrai dire un controllo?».

«No, perquisizione. Dicono che è da quinnici jorni che indagano a taci maci in seguito a 'na circostanziata littra anonima. E infatti nisciuno ne sapiva nenti. Si dice che hanno riscontrato grosse irregolarità. 'Nzumma, Filippone è stato messo nei guai. L'ho saputo stasira al giornale che domani riporta la notizia della perquisizione. Ci vediamo tra mezzora».

La machina aviva travolto un altro di quelli che avivano tentato di contrastari il sò passaggio.

Appena riattaccò, il telefono risquillò.

«Buonasera. Parlo col dottor Michele Caruso?».

Non era 'na voci che accanosciva.

«Sì».

«Sono Antonio Sacerdote, buonasera».

«Buonasera a lei. Mi dica, dottore».

«Poche parole. Solo per dirle quanto io le sia grato per tutto quello che lei poco fa così generosamente...».

«Ho solo detto ciò che pensavo».

«Ma, vede, di questi tempi è così raro trovare delle persone che dicono ciò che pensano! Oggi imperversano la malafede, l'inganno, il doppio gioco. Sapesse, in questi miei giorni di dolore per l'atroce fine di mia figlia Amalia, quante ignobiltà ho dovuto sentire! Meno male che mi ha confortato l'affetto di persone veramente amiche come il senatore Stella e tanti altri. A proposito, il senatore la saluta. L'ho sentito poco fa. Siccome mi ha telefonato da Roma per complimentarsi e io gli ho detto che l'avrei chiamata per ringraziarla, lui m'ha pregato di trasmetterle i suoi saluti».

«Grazie e auguri di buon lavoro, dottore».

La terza e ultima telefonata l'arricivì da Guarienti.

«Senti, Caruso, con la lealtà che mi ha sempre contraddistinto, ti voglio avvertire che domattina farò pervenire alla Direzione generale un mio rapporto sulla tua conduzione, a dir poco sbalorditiva, del notiziario notturno».

«C'era qualcosa che non andava?».

«E me lo domandi? Vuoi farmi credere che non te ne sei reso conto?».

«No. Spiegami che ho fatto».

«Ti sei lanciato in un assurdo panegirico di quel nuovo consigliere d'amministrazione, come si chiama...».

«Sacerdote».

«Lui. Una sviolinata fuori posto che è totalmente all'opposto delle regole d'obiettività di una corretta informazione. Hai fatto, consapevolmente o no non m'importa, un passo falso, una gravissima infrazione deontologica. Chiederò adeguate sanzioni. Buonanotte».

Stavolta fu lui a chiamare a Totò Basurto col cellulare. «Volevo che sapessi che m'ha appena telefonato Guarienti da Roma. M'ha preavvertito che domani presenterà un rapporto contro di me».

E riattaccò senza dari tempo a Basurto di rapriri vucca. Ora sinni potiva ghiri a mangiare.

Dodici

«La saletta è libera?» spiò a Virzì trasenno nel ristorante.

«Sì, direttore. Si libirò ora ora...».

Nella sala granni sulo tri tavoli erano occupati. Un tali che non arricordava chi era isò un vrazzo in signo di saluto, lui arrispunnì e s'avviò verso la saletta.

«Lamantia è arrivato?» spiò ancora a Virzì che gli annava appresso.

«No. Che faccio, le mando il cameriere o aspetta?».

Taliò il ralogio, mezzannotti e mezza. Come mai Gabriele ritardava? In genere, quanno si trattava di un invito a pranzo o a cena, non sgarrava di un minuto.

«Mandami il cameriere. Anzi, digli che mi porti subito un po' d'antipasti a piacere tuo».

La prescia era dovuta non tanto al pititto che aviva, quanto per pigliarisi tanticchia di vantaggio su Lamantia, pirchì appena quello avrebbe accomenzato a mangiari a modo sò, di sicuro a lui gli sarebbe del tutto passata la gana.

Gabriele ritardò 'na mezzorata, accussì ebbe il tempo di finiri l'antipasti e ordinare il primo. Quello scarto di tempo gli avrebbe pirmisso di mangiarisi macari la pasta senza provari conati di vommito.

«Assettati, Gabriè. Come mai porti ritardo?».

«Mi sono trattenuto con gli amici del giornale a parlari della facenna dell'onorevole Filippone».

«Ci sono sviluppi?».

«Beh, sì. Quanno è arrivata al giornale la notizia della perquisizione, Michele Musumarra, il direttore, ha circato di mittirisi in contatto con lui per fargli qualichi dimanna, o almeno aviri 'na dichiarazioni, inveci nenti, non è arrinisciuto a parlargli».

«Non c'è da farisinni tanta maraviglia. Macari io, al posto di Filippone, mi negherei».

«Piglianno un aereo per Amburgo?».

Michele s'imparpagliò.

«Davero?!».

«Sicuro».

«Qua, a picca a picca, va a finiri che addivintamo un'isola deserta. E che ci è annato a fari propio ad Amburgo?».

«C'è sò frati Carmelo che ha 'na grossa società d'import-export e ha macari molti contatti col Sudamerica. Sinni starà lì a vidiri come si mettono le cose e se le cose si mettono propio mali, in un vidiri e svidiri è in condizione di cangiari continente».

«In altre parole, voli mittirisi al sicuro?».

«Accussì pare. D'altra parte, su di lui, ancora non c'è nenti. Nisciuna accusa di nisciun genere. Quindi può annare indove vuole. Ma si vidi che era sicuro che appena che la finanza taliava le carte, scattava l'arresto. Come sai, i deputati regionali non hanno li stissi privilegi di quelli nazionali che arrinescino sempri a salvarisi il culo».

Filippone aviva tentato di mittirisi di traverso, non ce l'aviva fatta e ora gliela stavano facenno scuttari.

E questo spiegava macari pirchì Giuditta, pigliata da 'na subitanea botta di amori coniugali, aviva addeciso di seguire Alfio a Catania, tanto oramà Filippone non sirviva più né a lei né a sò marito, era addivintato di colpo 'na carta perdente.

«Pensi che se lo siano jocati per sempri a Filippone?».

«Per sempri? Vuoi babbiare? L'hanno messo fora combattimento per qualichi anno. È cosa cognita che voliva fari le scarpi al senatore Stella, no? Voliva addivintari lui il nummaro uno. Nell'ultimi tempi si era dato un gran chiffari suttabanco per fotterlo. Non c'è arrinisciuto e ora paga pidaggio col palmo e la gnutticatura. Tornerà qua, patteggerà, si piglia sì e no un anno sulla carta senza annare in galera, po' s'arripresenta, veni rieletto e tanti saluti e sono».

Ma intanto, per qualichi annetto, era stato costretto a livarisi dai cabasisi.

«Hai poi parlato con Stefania?».

«Le ho telefonato come eravamo rimasti d'accordo per stabilire dove vederci, ma mi ha risposto sò matre chiangenno».

«Oddio! Che le è successo?».

«Nenti di gravi. La nostra amica è stata prelevata stamatina alle setti dal dottor Lo Bue e non si sapi indove se l'è portata. Ho ritelefonato oggi doppopranzo alle cinco, ma non era ancora tornata».

«Perciò Lo Bue si è messo subito in moto?».

«Minchia, un treno pari da com'è partito! Pigliato

di curiosità, oggi doppopranzo ho telefonato macari ai signori Lo Curto e m'hanno fatto sapiri che Lo Bue li ha convocati in questura domani a matino alle deci. Si stavano letteralmente cacanno sutta, mischini. Non vorrei essiri, come si dici, nei loro panni».

«Non ti pare di stare tanticchia esageranno? E che è, l'Inquisizione? Vanno lì, dicono quello che sanno e...».

«Il problema non è chisto».

«E qual è?».

«È che Lo Bue s'attrova nell'assoluta nicissità di dovergli far dire quello che loro non sanno».

«E come si fa a fari diri a uno 'na cosa che non sa?».

«Michè, nascisti aieri? Lassa fari alla polizia. E a Lo Bue in modo particolare».

«Gabriè, indove vuoi annare a parare?».

«Io?! Da nisciuna parte. Dico sulo che Lo Bue non si contenterà di sapiri che Amalia aviva a un altro omo oltre a Manlio, ma vorrà accanosciri tutto quello che è possibbili supra a quest'omo. Com'era fatto, quanti anni aviva, a che ora arrivava, quanno sinni partiva, come si vistiva, come parlava... Giusto?».

«Giusto».

«E avenno davanti a 'na coppia di vicchiareddri scantati a morti, a forza di dimanne, finirà che quelli, per compiacerlo, diranno tutto quello che Lo Bue vorrà sintirisi dire. Tutto qua».

«Pirchì, tu pensi che Lo Bue?...».

«Michè, io non penso a nenti. Il pinsero lo lasso ai pensatori. Io, massimo massimo, arrivo a diri che dù più dù fa quattro. Epperciò, dato che ho 'na certa spirenzia, so come vanno le cose».

«E come vanno?».

«Vanno che Lo Bue, lo so per certo, non è mai stato convinto della colpevolezza di Manlio».

«Questo lo so macari io».

«E allura, per tirarlo fora del tutto, pirchì, tra parentesi, Manlio è già fora per tre quarti, in primisi deve fari diri a Stefania che il posacinniri Amalia l'aviva già nella vecchia casa e non in quella che si era appena accattata».

«E come può fare?».

«Accusannola d'agire per vendetta, pirchì Manlio l'ha lassata per mittirisi con Amalia. Avrà joco facili, cridimi».

«E coi Lo Curto?».

«I Lo Curto non sulo dovranno dirgli che avivano visto coi loro occhi che Amalia frequentava un altro omo oltre naturalmente...».

«Scusa, scusa. Un momento fa hai detto che il novo appartamento Amalia se l'era accattato e non affittato?».

«Sì. I giornali e le televisioni hanno ripetuto quello che è stato ditto da Bonanno e Di Blasi, che hanno parlato genericamente di trasloco in un nuovo appartamento. E siccome il primo Amalia se l'era affittato, tutti hanno pinsato che aviva affittato macari il secunno. Ma io mi sono informato e ho saputo che le cose non stavano accussì. Se l'era accattato. E l'aviva macari pagato caro».

«Si vede che aviva convinto a sò patre...».

«I soldi non glieli ha dati sò patre. Da quanno Amalia sinni era ghiuta da casa, non era più in buoni rapporti con lui».

«E lo sai pirchì si erano sciarriati?».

«Io lo so».

«Era 'na cosa seria?».

«Seriissima».

«E cioè?».

«Aviva scoperto che Amalia aviva un amanti. L'ha prigata di lassarlo, l'ha minazzata e alla fine l'ha ghittata fora di casa».

«Ma scusa, chi era questo amanti lui lo sapiva?».

«Sì».

«E non potiva annargli a parlari dicennogli di lassari stari ad Amalia?».

«L'ha fatto».

«E com'è finita?».

«L'altro l'ha mannato a fari 'n culo. Amalia era maggiorenne, aviva appena fatto diciott'anni e lui, l'amanti, non era maritato e non aviva da rendiri conto a nisciuno. S'accomodasse, il signor Sacerdote: lo scandalo avrebbe danneggiato sulo a sò figlia».

«Allura l'ha ghittata fora di casa».

«Precisamenti. E Amalia sinni è ghiuta in un appartamento il cui affitto glielo pagava l'amanti, quello che era propietario di quella machina di lusso vista dai Lo Curto. E doppo non le ha dato sulo i soldi per accattarisi la casa. M'arrisulta che il conto in banca d'Amalia era grosso. Quanno nisciva con Stefania e Serena, era sempre lei a pagari il conto».

«Beh, mi pare che se Lo Bue veni a sapiri questi nuovi elementi, quello il vero assassino lo scopre presto».

«Di sicuro lo scopre, all'assassino. In quanto al fatto che sia quello vero, è tutto un altro discorso».

S'era fatto portare i soliti spachetti al nìvuro di siccia e aviva attaccato a mangiari. Michele, che aviva finuto il primo, addecise di non ordinare nient'altro e, per pricauzione, si spostò narrè con la seggia di 'na decina di centimetri.

Fu sulo allura che affirrò il senso delle ultime paroli di Lamantia.

«Scusa, non ho capito beni. Che mi stai contanno?».

«Riguardo a cosa?».

«A 'sta storia del vero assassino. Non l'ho capita».

L'altro sollevò la testa dal piatto e lo taliò nell'occhi.

«Michè, io a tia non ti capisco».

«Che vuoi capire?».

«Se ci sei o se ci fai».

«Ti assicuro che non...».

Gabriele continuò tanticchia a taliarlo in silenzio. Po' disse:

«Ho capito che sei sincero».

«Grazie».

«Lo sai chi sei tu?».

«Ti metti a fari il filosofo?».

«Manco per sogno. Pinsavo che eri, che saccio, un maggiore, un colonnello, un ufficiali di stato maggiore e invece sei sulo un soldato semplici».

«Gabriè, ti vuoi fari accapire?».

«Michè, mentri c'è 'na battaglia in corso, un soldato semplici che s'attrova in prima linea che fa? Combatte, ubbidenno all'ordini che gli vengono dati. Ma non capisce nenti e non sa nenti della strategia complessiva del comando supremo, sa sulo che coi sò compagni deve conquistare 'na certa collina e quello cerca di fari. Accussì sei tu. Hai fatto quello che ti hanno ditto di fari e…».

«Torno a ripeterti: non ci accapisco nenti».

«Allura ti dico 'na cosa e videmo se ci arrivi da sulo. Lo sai quanno ho accomenzato a capiri che c'era del marcio in Danimarca, come dici Amleto? Quanno è principiato il valzer».

Michele sturdì chiossà.

«Quali valzer?».

«Quello dell'avvocati. Ora non mi viniri a diri che manco di questo ti eri addunato!».

«No, qualichi cosa riguardo all'avvocati non mi quatrava».

«Ma come?, mi sono addimannato io. Nel momento nel quale si scopre che Amalia è stata assassinata e Manlio accomenza a essiri tartassato da Di Blasi, l'onorevole Caputo chiama come avvocato difensori di sò figlio a un avvocato di primo piano come il vecchio Emilio Posateri. E fino a qua, è tutto logico. Ma appena Di Blasi manna a Manlio l'avviso di garanzia, l'onorevole Caputo cangia di cursa avvocato e si piglia a Massimo Troina che è bravissimo, certo, ma ancora ne deve fare di strata per arrivari all'altizza di uno come a Posateri. Ma come? Ha in mano un kalashnikov, che sarebbe Posateri, lo lassa perdiri e si piglia un fucili, che sarebbe Troina? Non c'è che 'na minima spiegazioni logica per questo cangio. Tu te la sei data?».

«Sì. Ma voglio vidiri se combacia con la tua».

«Combacia, Michè, combacia. Dimmela».

«Prima la tua».

«Troina è stato scelto da Caputo pirchì è il pupillo del sò principali avversario politico, il senatore Gaetano Stella. Allura la dimanna successiva è: pirchì l'ha fatto?».

«Forsi si è trattato di un modo indiretto di dimannare a Stella, il sò avversario, di non approfittare politicamente della disgrazia che gli stava capitanno».

«Bravo! Macari io pinsai che la spiegazioni era questa, ma fino all'altro valzer».

«Quello che arriguarda Vallino e Seminerio?».

«Lo vedi che ci arrivi macari tu? Dunque, quanno ammazzano ad Amalia, sò patre, Nino Sacerdote, ha come avvocato di parte civile a Vallino. Ma appena arriva l'avviso di garanzia a Manlio, licenzia a Vallino e si piglia ad Adolfo Seminerio. E questa è la cosa, in apparenza, più stramma di tutte. Non c'è pirsona, a Palermo e fora Palermo, che non sappia che Adolfo Seminerio è notoriamente culo e cammisa con l'onorevole Caputo. Allura uno s'addimanna: pirchì il patre della picciotta assassinata piglia un avvocato che è culo e cammisa col patre del picciotto sospettato di essiri l'assassino? Ci capisci nenti?».

«No».

«Una cosa sula è certa: che la spiegazione che abbiamo data per il primo valzer non è più valida per il secunno. E allura?».

«Sei arrivato a 'na conclusione?».

«Sì».

«Non me la vuoi dire?».

«Doppo che ho finito 'sta grigliata. A forza di parlari, non mi sto gustanno nenti».

Il coscienzioso tentativo che Gabriele fici di sucarisi macari le teste dei gammaroni costò a Michele 'na cravatta alla quali ci tiniva pirchì gliela aviva arrigalata Giulia. 'Na bella macchia d'oglio propio dù dita sutta al nodo. Po', come Dio vosi, la grigliata, con l'aiuto di tri bicchieri di vino, vinni ingurgitata.

«Allura, 'sta conclusioni?».

«Che tanto Troina quanto Seminerio non erano stati scelti rispettivamente dall'onorevole Caputo e da Nino Sacerdote, ma gli erano stati, in un certo senso, imposti».

«E da chi?».

«A Nino Sacerdote, Seminerio era stato imposto da Caputo».

«E Troina a Caputo da chi?».

Gabriele Lamantia lo taliò, sorridì e non dissi nenti.

«Dai, Gabriè!».

«Se non lo sai tu… Vogliamo dire che è stato imposto dal comandante in capo?».

Michele preferì non insistere. Su quell'argomento specifico, non potiva con Lamantia continuari a fari la finta di quello che non sapiva nenti. Però, se era vero quello che Lamantia gli stava dicenno, ed era ve-

173

ro, la crisi tra Giulia e Massimo Troina non era scoppiata pirchì Troina si era messo contro il senatore, come aviva pinsato. Se Troina aviva agito d'accordo col senatore, il disagio di Giulia nasciva non per il comportamento di Massimo, ma per ragioni personali, private. Anzi, più che private: intime. E questo lo rallegrò.

«Ma pirchì queste imposizioni?» spiò.

«Troina e Seminerio dovivano fari dù parti in commedia».

«Cioè?».

«In primisi, l'avvocati. E in secunnisi erano stati mannati in partibus infidelium per controllare ogni mossa che viniva fatta nel campo opposto. Ti è tutto chiaro?».

«Sì».

«Bravo. Eri un soldato semplice e ti sei guadagnato ora i galloni di caporali. Ma tu mi hai interrotto e non m'hai fatto finiri un discorso che ti stavo facenno».

«Scusami. Che mi stavi dicenno?».

«Ti parlavo di Lo Bue e dei Lo Curto. Ti stavo dicenno che Lo Bue farà diri ai Lo Curto che Amalia aviva un altro amanti oltre a... E qui mi hai interromputo. Vuoi che continui?».

«Certo».

«E a mia inveci mi passò la gana».

«Ti vuoi fari pagari o prigari?».

«Né l'uno né l'altro».

«E allura che vuoi?».

«Un whisky. Po' niscemo e annamo a farinni quattro passi sul lungomare. Ho bisogno d'aria».

«Va beni. Ordinati il whisky».

«Grazie. Lo sai che ho scritto un soggetto cinematografico?».

«Davero?».

«Ti maravigli? Penso che è un buon soggetto e che me lo potrebbero pagari bono».

«Cuntamillo».

«Ora no. Quanno 'nni stamu facenno la passiata, te lo cunto».

Era 'na nuttata sirena e càvuda, il mari sciacquettava, supra al marciapedi nel quali caminavano non si vidiva anima criata. E per la strata passavano rare machine.

«Il soggetto non te l'ho voluto contare al ristorante pirchì mi scantavo che qualichiduno lo potiva sentiri».

«Gabriè, ma se nella saletta eravamo tu e io!».

«E macari qualichi microfono sutta al tavolino».

«Ma che dici?!».

«Michè, oggi siamo tutti sotto stritta sorveglianza, non te ne sei fatto pirsuaso? Quante volte abbiamo mangiato 'nzemmula in quel ristorante prima di stasera?».

«Tre volte».

«Le prime volte il nostro incontro è stato segnalato, poi ha fatto nasciri qualichi curiosità e stasira, puoi starne sicuro, c'erano i microfoni».

«Ma chi li avrebbe messi? La polizia?».

«Non solo la polizia, cridimi».

«Gabriè, non è che stai accomenzanno a soffriri di mania di persecuzione?».

175

«La testa io l'haio a posto. E questo è il problema. Che la mè testa funziona troppo beni».

«Ma 'sto soggetto è accussì 'mportanti da mettiri addirittura i microfoni per sentirlo?».

«Io credo di sì. Lo sai chi è il proprietario del ristorante nel quale abbiamo mangiato?».

«Giovanni Virzì».

«No, Virzì è un prestanome. Diciamo che è il gerente. Il vero proprietario è un altro».

«Cu?».

«Filippo Portera, il boss, il fratastro di Nino Sacerdote».

Michele allucchì.

«Ma, scusami, se pensi che c'erano i microfoni, pirchì mi hai parlato apertamente degli avvocati, del marcio in Danimarca, proprio in quel ristorante? M'avvertivi prima e cangiavamo locale!».

«Ma quelle che ti ho contate sono storie sutta all'occhi di tutti! Ne posso parlari liberamenti! Il soggetto, invece, è 'n'altra cosa! Lassa che te lo cunto e po' judica tu».

«D'accordo, attacca. Qual è il titolo?».

«È provisorio. "Girotondo attorno a un cadavere". Ma di sicuro alla fine lo cangio, è un titolo da romanzo, non da cinema».

«Che film è?».

«D'attualità».

«E indove si svolge?».

«Qua. A Palermo. Ah, mi sta vinenno 'n mente che tu potresti essermi d'aiuto».

«A fari che?».

«A piazzare il soggetto».

«Io? Ma io non conosco propio a nisciuno nell'ambiente cinematografico!».

«Non è detto che debba essiri per forza dell'ambiente cinematografico».

Ma che s'era mittuto 'n testa, Lamantia? Che lui gli faciva da agente per vinniri le minchiate che scriviva? S'irritò.

«Gabriè, mi stai facenno fari matina. È tardi, sunno le dù e mezza passate e mi sento piuttosto stanco. Rimandiamo tutto a domani?».

«Aspetta, invece di contartelo con tutti i particolari, ti faccio 'na speci di riassunto. Cinco minuti m'abbastano».

«Vabbene» fici Michele rassegnato.

Tredici

«Seguimi beni pirchì è tanticchia complicato. Elena, una studentessa universitaria poco più che ventenne, figlia del più importante funzionario dell'assemblea regionale, mettiamo che si chiama Marco Piro, viene trovata assassinata nella sò abitazione. Del delitto viene subito sospettato il suo fidanzato, Filippo, figlio di Giuseppe Ragusa, un onorevole regionale che è macari il capo del più grosso partito di sinistra in Sicilia».

«Fermo qua» fici brusco Michele. «Che minchia mi stai contando? Mi vuoi pigliare per il culo? Questa è la…».

«Lo so che cos'è! Ma è solo il punto di partenza che combacia! Stammi a sintiri! Che ti costa?».

«Mi costa sonno perso».

«Ti prego!».

Michele non arrispunnì e l'altro proseguì.

«Nell'appartamento della picciotta la polizia scopre quattro agende che però scompaiono subito dall'ufficio del pm».

«No, basta, Gabriè, mi sono rotto i cabasisi!».

«Michè, se ti dico chi le ha fatte scomparire, lo vedi che il mio soggetto comincia a cambiare?».

Aviva accapito subito indove l'altro sarebbe annato a parare, non avrebbe voluto farlo proseguire, ma la curiosità vincì supra al disagio.

«Chi è stato?».

«Le ha arrubbate uno scribacchino, che è un infiltrato mafioso, e le ha portate al fratellastro di Marco Piro, un boss mafioso che le passa appunto a Piro. In queste agende c'è il nome dell'amante di Elena, un uomo, mettiamo che si chiama Angelo Fera, che l'ha avuta quando era diciottenne e che continua la relazione con la picciotta macari dopo che lei si è fatta zita con Filippo Ragusa. Di questa relazione il padre di Elena ne è da sempre al corrente. E sull'agenda scopre segnato un appuntamento tra sua figlia e Angelo proprio per il giorno e per l'ora nella quale viene ammazzata. Non ha dubbii: Angelo è l'assassino. E pensa di sfruttare la situazione. Perciò, invece di rivolgersi alla giustizia, corre a Roma da un sò amico, un vecchio senatore ex DC, che è la persona più influente nel partito di maggioranza in Sicilia. Da questo momento in poi, il senatore, chiamiamolo Cuttitta, addiventa il regista di tutta l'operazione. E accomenza a muovere i pezzi della partita. Manda a Marco Piro a ricattare ad Angelo Fera. L'uomo confessa, ha ammazzato la picciotta perché ne era innamorato, ma lei voleva lasciarlo per il fidanzato. Intanto il senatore fa un accordo con Giuseppe Ragusa: sò figlio Filippo uscirà pulito dall'accusa se il partito di Ragusa appoggerà un'operazione che porterà vantaggi economici tanto al partito di maggioranza quanto a quello di sinistra. Ragusa accetta. Viene avvicinato macari il pm il quale sa benissimo che le sò accuse a Filippo non possono reggere. Ora che tutto è pronto, ad Angelo Fera viene garantito che non andrà in galera se si dimetterà da presidente della più importante banca siciliana cedendo il pacchetto azionario a Marco Piro. E a questo punto il joco è fatto».

«E nel tuo soggetto l'indagine sull'omicidio come va a finiri?» spiò Michele.

«È stato un amante della picciotta che si è visto respingere. Proprio come è successo nella realtà. Come hanno testimoniato i vecchi padroni di casa dell'assassinata, la ragazza aveva un amante di una certa età che loro hanno più volte incontrato e perciò minutamente descritto. Solo che la precisa descrizione che i padroni di casa faranno non corrisponderà manco alla lontana alle fattezze di Angelo Fera».

«E a chi?».

«A una persona che, quando il commissario andrà a trovarlo, perderà la testa e si suiciderà. Questo è il soggetto. Però sono ancora indeciso sul finale. Non so se farlo finire con la scoperta dell'assassino che si suicida oppure col commissario che dichiara forfè e dice che l'omicidio della picciotta è un caso irrisolvibile. Ti piace?».

«No».

«Pirchì?».

«Non è un film d'attualità, ma di fantapolitica. A un film accussì non ci cridirà nisciuno, troppa fantasia, troppa inverosimiglianza».

«Tu dici?».

«Ne sono sicuro».

«Manco se lo vado a contare a...».

«A chi? Meno lo conti in giro e meglio è per te. Lo sai che ti può capitare? Che questo soggetto lo viene a conoscere Filippo Portera, come vedi il nome del boss mafioso che tu non hai fatto te lo dico io, e se quello se ne appassiona, ti manda a chiamare, ti porta in una casa di campagna, vuole sapere i particolari e alla fine tu in quella casa ti ci trovi così bene che da lì non tornerai mai più. Hai capito, strunzo?».

«Ma io il soggetto volevo farlo leggere al senatore Stella. Capace che gli piace e me lo paga bene. E tu potresti...».

«Cercati un altro intermediario. Bonanotti».

Gabriele l'afferrò per un vrazzo.

«Senti...».

Michele si scostò, s'allontanò, e po', fatti 'na trentina di passi, si fermò e si voltò. Lamantia, ancora immobile indove l'aviva lassato, era sulo un'ùmmira indistinta. Mentri lo stava talianno, vitti a 'na machina che gli s'accostava rasente il marciapedi. L'ùmmira di Gabriele non si cataminò.

Dall'auto scinnero altre dù ùmmire, raggiunsero svelte Lamantia.

Po' le tri ùmmire principiarono 'na speci di balletto senza sono, s'aggrovigliarono, si spostarono ora tanticchia a dritta ora tanticchia a manca, addivintarono un'unica grossa ùmmira che pariva che respirava, s'allargava e si stringiva. Appresso ancora l'ùmmira informe parse aspirata dall'auto che aviva gli sportelli di darrè aperti, ci scomparse dintra e l'auto ripartì facenno una conversione a U.

In quel priciso momento Michele accapì, assuppannosi d'improviso sudori, che non avrebbe mai più rivisto a Gabriele Lamantia.

Allura voltò le spalli e si misi a curriri alla dispirata, senza manco sapiri pirchì.

Arrivò al residence col sciatone, la strata se l'era fatta a pedi non volenno tornare verso il ristorante per ripigliari la sò auto. Erano le quattro del matino, tutta la stanchizza della jornata gli era franata d'incoddro, non si riggiva più addritta. Il portiere di notte gli vinni a rapriri come un sonnambulo, non disse 'na parola e sinni tornò a dormiri.

Notò, passanno davanti al bancone, che nella sò casella c'era qualichi cosa. Era un pacchetto tanticchia più granni di 'na scatola di fiammiferi e c'era un bigliettino dell'altro portiere, quello di jorno: «consegnato per il dott. Caruso alle 18,30».

Se lo misi 'n sacchetta, pigliò l'ascensori, trasì nel sò appartamentino, si spogliò nudo, s'infilò sutta alla doccia. Po' s'asciucò e si annò a corcari. Erano le quattro e mezza.

Mentri stava mittenno la sveglia per le novi, gli tornò a menti il pacchetto. Si susì, annò a ricuperarlo dalla sacchetta, lo raprì. C'erano dù chiavi 'nfilate dintra a un aniddruzzo di filo di ferro. Una vecchia e una nova, sparluccicante.

Gli parse di non averle mai vidute prima. Che vinivano a significari? Ma era troppo stanco per farisi dimanne e darisi risposte. Le posò supra al commodino, si stinnicchiò dintra al letto, allungò un vrazzo, astutò la luci. Dù minuti appresso s'arritrovò susuto a mezzo, con l'occhi sbarracati. Con una sorta di trimolizzo interno, si susì, si vistì con robba pulita, chiamò un tassì, scinnì, detti l'indirizzo al tassinaro.

«Si sente male?».

Doviva essiri giarno come un morto, sintiva che i battiti del cori avivano raggiunto 'na vilocità insostenibile.

«Sto bene, grazie».

Le strate erano ancora diserte, il tassì ci misi picca prima di fermarisi davanti a un portoni 'nserrato.

«Mi può aspettare un momento?».

Scinnì, s'avvicinò al portoni, infilò la chiavi vecchia, la girò, la serratura scattò.

Ristò 'ngiarmato accussì, con una mano supra alla chiavi e l'altra appuiata all'anta chiusa. Po' si fici forza, tornò verso il tassì, pagò. Spingì il portoni, trasì, lo sentì richiudersi darrè alle sò spalli. Acchianò sei scaluna, raprì la porta dell'ascensori, spingì il buttuni dell'ultimo piano.

'Nfilò la chiavi nova dintra alla serratura del primo appartamento a mano manca, la firriò a leggio, in modo che non faciva la minima rumorata, trasì nell'anticàmmara allo scuro, ma l'accanosciva troppo beni per annari a sbattiri contro a qualichi mobili. Si fici tutto il corridoio in punta di pedi e arrivò all'altizza dell'ultima càmmara a destra.

La porta era aperta. La càmmara era appena appena illuminata da 'na lampadinuzza notturna, Giulia non dormiva mai con lo scuro completo. S'appuiò allo stipite della porta e si misi a taliarla.

Stava dormenno profondamente, sul scianco destro, la mano dritta sutta alla guancia, il vrazzo mancino stiso lungo il corpo. Doviva aviri sintuto càvudo, pirchì aviva scostato il linzolo. La cammisa di notti sinni era acchianata, lassannole le gammi scoperte. Respirava calma, regolare. A fianco a lei, supra al letto, ci stava un libro. Doviva averlo aspittato a longo liggenno, po' non ce l'aviva fatta più e si era addrummisciuta.

Michele sinni stetti 'na mezzorata a taliarla senza cataminarisi, a respirari il profumo del bagnoschiuma speciali che lei da sempri adoperava e che ora si sintiva leggio leggio nella càmmara.

Po' annò in quello che 'na volta era stato il sò studio, chiuì la porta e addrumò la luci. Era come l'aviva lassato, del passaggio di Massimo non c'era nisciuna traccia. Pigliò un foglio, ci scrissi supra «ti amo», astutò, tornò nella càmmara di letto, trasì, mise il foglio supra al cuscino allato a quello di Giulia, rifici il corridoio, si fermò sul pianerottolo, chiuì la porta, pigliò l'ascensori, niscì fora dal palazzo.

La città si stava arrisbiglianno. Passò un tassì, lo fermò, annò a ricuperari la sò machina. Tornò al residence, avvertì il portiere che non voliva essiri arrisbigliato prima delle unnici e finalmenti annò a corcarsi.

Ma doppo tanticchia, dovitti cangiari cuscino, pirchì quello che aviva prima l'aviva assammarato di lagrime.

Appena arrivò in ufficio, dato che la riunioni matutina era già finuta, disse a Cate di chiamargli a Marcello Scandaliato.

«Che dirai oggi?».

«Mi sembra doveroso accennare come prima notizia al fatto che tutti i giornali e tutte le televisioni locali danno per certa la nomina di Nino Sacerdote alla presidenza della Banca dell'Isola».

«Il consiglio d'amministrazione l'ha fatto il comunicato?».

«Sì. Dice quello che sapevamo già, che il nuovo consigliere è Sacerdote, il quale si è dimesso da segretario generale dell'assemblea».

«Novità sull'omicidio di sò figlia Amalia?».

«Il procuratore capo ha avocato l'inchiesta e macari Di Blasi si è dimesso, come aviva preannunziato. Corre voce che domani il procuratore capo proscioglierà a Manlio da ogni accusa. Lo diciamo che corre 'sta voce?».

«Io la direi. A modo tò, naturalmente, senza calcare troppo. E di Lo Bue si hanno notizie?».

«Nenti».

«Che dirai di Filippone?».

«Che la Guardia di Finanza sta esaminando le carte che ha sequestrato. Si dice che sinni è già scappato all'estero, ma non si sa niente di sicuro. Come mi regolo?».

«Accenna alla perquisizione, spiega in che cosa consisterebbe il reato, questo sottolinealo bene, tutti devono capire che è un latro che si è fottuto i soldi della comunità europea, ma non parlare della sò fuitina all'estero. Fino a questo momento è patrone di annare e venire come gli pare e piaci».

«D'accordo. Ti senti bene, Michè?».

«Pirchì?».

«Hai 'na facci!».

«Stanotti non ho chiuso occhio. Devo aviri mangiato qualichi cosa che m'ha fatto mali».

Quanno s'avvicinò l'ura della pausa pranzo, accomenzò a essiri nirbùso. Come mai Giulia non si era fatta viva? Vuoi vidiri che non si era addunata del foglietto che le aviva lassato supra al cuscino? No, non era possibile, se non l'aviva viduto lei, se ne sarebbe addunata di sicuro la cammarera rifacenno il letto e glielo avrebbe consegnato. Gli vinni un dubbio e chiamò il residence.

«Ci sono state telefonate per me?».

«Nessuna, dottore».

Quel picca di pititto che aviva, gli passò del tutto. Addecise di ristare in ufficio e prima che Cate sinni ghisse a mangiari, si fici commutare il telefono di lei sul diretto. Ma Giulia non lo chiamò.

Alle cinco, che era appena accomenzata la riunioni, trasì Cate.

«Dottore, mi scusi, ma dovrebbe venire di là».

«Che c'è?» le spiò nel corridoio.

«Da me c'è un commissario, D'Errico, che le vuole parlare».

Se l'aspittava, 'sta visita, forsi non accussì presto, ma si era priparato.

D'Errico era un quarantino che non aviva nenti del poliziotto. Eleganti, modi gentili, curatissimo nella pirsona.

«Mi scusi se la disturbo, ma…».

«Prego, si accomodi nel mio ufficio».

Lo fici accomodare in una delle dù pultrune davanti alla scrivania, s'assittò macari lui e aspittò che l'altro gli rivolgiva la parola.

«Lei conosce il signor Gabriele Lamantia?».

«Sì, certo».

«L'ha visto ieri sera?».

«È stato a cena con me al ristorante "La luna", sa, quello che…».

«Lo conosco. Abbiamo già interrogato Virzì».

«Scusi, posso domandarle perché…».

«La donna con la quale vive ne ha denunziato stamattina la scomparsa».

Non lo sapiva che Gabriele aviva 'na fìmmina stabile. D'altra parti, nisciuno sapiva nenti della sò vita privata. Fici un surriseddro.

«Perché sorride?».

«Ma perché Lamantia non ha una vita che può dirsi regolare. Forse parlare di scomparsa è prematuro. D'altra parte è maggiorenne, no? Può darsi che abbia trovato un'altra donna o che stia…».

«Senta, le supposizioni le lasci fare a noi» fici il commissario addivintanno tanticchia meno gentile. «Mi dica solo come si è svolta la serata».

«Beh, avevamo un appuntamento al ristorante e…».

«Non era la prima volta, vero?».

«Che c'incontravamo al ristorante? No».

«Vada avanti».

«Abbiamo mangiato e parlato».

«Di che?».

«Soprattutto della faccenda che riguarda l'onorevole Filippone».

«E d'altro?».

«Beh, delle indagini sul delitto Sacerdote».

«Lamantia è un suo informatore?».

«Non solo mio. Campa così. E io, dato il mestiere che faccio, ogni tanto me ne servo. Ma cum grano salis».

«Perché?».

«Perché assieme a una informazione sicura ne dà cento che si rivelano dicerie, maldicenze, cose campate in aria...».

«Virzì ci ha riferito che alle due, quando ha chiuso il locale, ha visto le vostre macchine, la sua e quella di Lamantia, ancora parcheggiate lì davanti, ma vuote. Dove siete andati?».

«Abbiamo fatto una lunga passeggiata sul lungomare».

«Di cosa avete parlato?».

«Mi ha raccontato un soggetto che voleva scrivere per farne un film di fantascienza».

«E poi?».

«Poi ci siamo salutati».

«Lì, sul lungomare? Come mai non siete tornati indietro insieme per riprendervi le macchine?».

«Non l'ha ripresa? Strano».

«Si spieghi».

«Siccome era una gran bella serata e avevo tra l'altro mangiato troppo, io ho deciso di continuare la passeggiata e raggiungere a piedi il residence dove abito. Lui invece mi disse che andava a riprendersi l'auto. E ci siamo lasciati».

«Ha avuto l'impressione che qualcuno vi seguisse durante la passeggiata?».

«Se qualcuno ci ha seguiti, non me ne sono accorto».

«Di che umore era Lamantia?».

«Era del solito umore».

«Cioè?».

«Sempre un po' sopra le righe».

«Quando è andato a riprendersi la macchina?».

«Stamattina, ho chiamato un taxi e...».

«Non si è meravigliato vedendo che l'auto di Lamantia era ancora davanti al ristorante?».

«Commissario, mi crede se le dico che la macchina di Lamantia non so com'è fatta?».

«Non ha altro da dirmi?».

«Nient'altro. Ma vedrete che...».

«Se avremo ancora bisogno di lei, la convocheremo» tagliò l'altro susennosi.

Si asciugò un filo di sudore che si era sintuto spuntari sutta al naso, come un invisibile paro di baffi, e tornò in sala riunioni.

«Ho saputo ora ora, da un commissario che si chiama D'Errico, che Lamantia sarebbe scomparso».

Nisciuno s'ammaravigliò. Il requiem, che riassumeva il pinsero di tutti, lo pronunziò Marcello Scandaliato.

«Ci avrei scommesso i cabasisi. Era proprio il tipo che prima o poi finiva a lupara bianca. Quello andava cercando rogna e si vede che l'ha alla fine trovata».

«Pirchì D'Errico è vinuto da te?» spiò Gilberto Mancuso che era l'omo più 'ntelliggenti della redazioni.

«Pirchì aieri a sira siamo stati 'nzemmula al ristorante».

Non ci furono dimanne o commenti e Michele continuò:

«Pare che io sia l'ultima pirsona che l'ha visto. Giacomo, meglio che ti metti in moto».

«Che devo fari?» dimannò Alletto.

«Vai in questura, vidi che si dice. Se confermano la scomparsa, un accenno bisogna farlo. Macari nell'ultimo notiziario».

Stetti in ufficio fino a mezzannotti. La notizia della scomparsa di Lamantia non vinni confirmata epperciò non la desiro. Abbannunò l'ufficio propio pirchì era ristato sulo aspittanno 'na telefonata che non era arrivata. Giulia non aviva il nummaro del cellulare, non avrebbe potuto chiamarlo che in ufficio o al residence.

Niscì e automaticamente s'addiriggì verso il solito ristoranti, con la testa persa darrè a 'na quantità di supposizioni sul pirchì Giulia non gli aviva telefonato. Certo che si stava comportanno in un modo strammo. Non arrinisciva a troncare definitivamenti con Massimo e aviva avuto un ripensamento? Opuro era stato lui, Michele, a sbagliare? Aviva fatto uno sbaglio quella stissa matina a non infilarsi nel letto, abbrazzarla e faricci all'amuri? Forsi si era sintuta offisa dalla sò mancanza di passioni? E ora come faciva a rimidiari, a spiegarle che vidennola dormiri aviva provato 'na felicità accussì intensa da stroncarlo, da impedirgli di cataminarisi, anzi, se non sinni ristava appuiato allo stipiti della porta di sicuro sarebbe caduto 'n terra?

Parcheggiò davanti al ristorante, scinnì, ma appena posò la mano sulla maniglia della porta a vetri per trasire, si bloccò.

Non aviva gana di parlari con Virzì, il discorso inevitabilmente sarebbe caduto su Lamantia e capace che quello aviva arricivuto da Filippo Portera, il sò patrone, il compito d'interrogarlo senza farglielo accapire, il boss di sicuro voliva sapiri che cosa lui aviva accapito delle parole che Gabriele gli aviva ditto la sira avanti. E stavolta non avrebbero avuto bisogno del microfono ammucciato sutta al tavolo.

No, meglio di no. Tornò in machina e s'addiriggì verso un altro ristoranti che sapiva aperto fino a tardi. C'era un piccolo jardino con una decina di tavoli e uno non era occupato.

«È solo?» gli spiò il cammareri.

«Forse sì».

L'altro lo taliò 'mparpagliato.

«Faccia così, apparecchi per due. Se l'altra persona non viene, pazienza».

Ma sapiva che nisciun miracolo avrebbe potuto fargli comparire a Giulia.

Quattordici

Tornò al residence a lento, squasi voliva ritardari al massimo il momento di annarisi a corcare, sapiva che non sarebbe arrinisciuto a pigliare sonno, arramazzannosi, susennosi, ricorcannosi e sempri spiannosi pirchì Giulia non gli aviva telefonato e sempri dannosi risposte a vacante, senza possibilità di un qualisisiasi riscontro.

La porta del residence non era stata ancora chiusa per la notti. Il portiere, al solito, non era a vista. Pigliò l'ascensori, acchianò, raprì la porta della càmmara, trasì, la chiuì. Non addrumò la luci del salotto pirchì attraverso la tenda mezza chiusa, che separava la càmmara di dormiri, passava un fascio di luci. La cammarera che aviva puliziato si era evidentemente scordato d'astutarla. Scostò tanticchia la tenda e di colpo s'apparalizzò. Qualichiduno stava dormenno nel sò letto, fici a tempo a vidirne la forma del corpo sutta al linzolo e il profilo supra al cuscino, prima di tirare narrè la testa. Era un omo anziano. Aviva sbagliato càmmara. Nel residence ce n'erano di questi appartamenti ch'erano perfettamenti uguali l'uno all'altro, 'na stampa e 'na figura. Ma com'è che la sò chiavi aviva rapruto la porta? Niscì nel corridoio e taliò il nummaro della càmmara.

Corrisponniva a quello della chiave.

Vuoi vidiri che l'avivano cangiato d'appartamento senza manco avvisarlo?

Arraggiato, ripigliò l'ascensori e scinnì all'ingresso. Stavolta il portiere era darrè al bancone. Vidennoselo comparire davanti, l'omo raprì la vucca come se fusse stato ammaravigliato e lo taliò strammato.

«Dottore, ma lei è qua?».

«E dove dovrei essere, secondo lei? Perché m'avete cambiato di camera senza nemmeno usarmi la cortesia d'avvertirmi?».

«Ca... cambiato camera?» arripitì l'altro sempre più strammato.

«Certo che non sono io quello che sta dormendo nel mio letto!».

Il portiere aviva l'ariata di chi non sapiva chiffare.

«Ora telefono al direttore» disse.

«No, senta, sono stanco e ho solo voglia di andare a riposarmi. Mi dia la chiave della camera, io le restituisco questa e domani mattina ne riparliamo».

«Il fatto è...» fici il portiere che stava visibilmente sudanno.

«Qual è il fatto?».

«Che sono stato avvertito, quando ho preso servizio, che lei non abitava più da noi. E allora siccome è arrivato un vecchio cliente, io gli ho dato la sua che pensavo fosse...».

«Cos'è 'sta storia?».

«Mi permetta di telefonare al direttore».

Mentri il portiere faciva il nummaro e accomenzava a parlari, a Michele non vinni 'n testa manco 'na spiegazione logica di quello che stava capitanno.

Po', tutto 'nzemmula, 'na spiegazione gli vinni, ma avrebbe preferito che non gli fusse mai vinuta. E se era un avvertimento? A Lamantia l'abbiamo fatto scomparire, attento che possiamo fari lo stisso con tia, per intanto ti facciamo questo sgherzo.

«Mi scusi un momento» fici il portiere posanno il microfono.

Annò nella càmmara di darrè che faciva da ufficio e tornò doppo tanticchia con un foglietto 'n mano.

«Allora?».

«Stamattina verso le undici è venuto un tale con un camioncino per ritirare le sue cose, con lui c'era una donna anziana».

Michele allucchì.

«E voi gliele avete date senza nemmeno un...».

«No, signore. Era autorizzato».

«Da chi?».

«Da lei».

«Da me?!».

Senza parlari, il portiere gli pruì il foglietto che tiniva 'n mano. Michele arriconoscì immediatamente la sò calligrafia. C'era scritto:

«Prego consegnare al latore del presente tutti i miei effetti personali. Grazie».

E sutta c'era la sò firma. Autentica. E sutta ancora, un'altra mano aviva scrivuto:

«Se occorrono delucidazioni, telefonare al numero 091.6254194».

Non l'accanosceva, quel nummaro. Taliò il portiere con l'occhi sbarracati. E quello precisò:

«Il direttore m'ha detto che ha telefonato al numero indicato, che tutto era a posto e perciò ha fatto procedere. Mi ha anche detto di dirle che il suo conto qua è stato saldato».

Di colpo, gli tornò a mente quanno aviva scritto quel biglietto. Erano passati anni. L'aviva scrivuto quanno aviva capito che non sarebbe più tornato nella sò casa. E ora era stato riutilizzato. Ma pirchì Giulia se l'era conservato accussì a longo?

Michele allungò un vrazzo, pigliò il telefono che c'era supra al bancone, se l'avvicinò, cercò di fari il nummaro ma non ci arriniscì, la mano gli trimava troppo.

«Vuole che faccia io?» addimannò, piatoso, il portiere.

Senza aspittari risposta, gli livò dalla mano la cornetta, compose il nummaro, e al primo squillo gliela ripassò.

«Pronto?».

«Guarda che mi sta venendo sonno» disse Giulia.

Quanno raprì l'occhi e taliò il ralogio, vitti che erano le novi e mezza del matino. Giulia dormiva e lui ristò tanticchia a taliarla. Mai, per tutte le volte che nella nuttata avivano fatto l'amuri, Giulia aviva lassato trasparire di aviri praticato anni allato a un altro omo. Era stato questo il suo scanto immediato e segreto quanno

195

aviva principiato a vasarla: che mentri si abbannunava nelle sò vrazza, lei avisse fatto un gesto, un movimento, una muta richiesta mai fatta prima nella loro
intimità passata, qualichi cosa 'nzumma che appartini-
va ai momenti più intensi della sò vita con l'altro. E
inveci, nenti. Lei, abbannunanno a Massimo, non aviva chiuso 'na parentesi, aviva macari cancillato tutto
quello che potiva aviri provato per Massimo mentri quella parentesi era ancora aperta.

Po' si susì e annò in bagno. Le sò cose erano tutte
al loro posto, come se da quella casa non se ne fusse
mai annato via. Lo pigliò 'na tali botta 'mprovisa di com-
mozione che si sintì le gamme non reggerlo più e dovitti assittarisi supra al bordo della vasca.

Subito appresso, dal telefono dello studio, chiamò a
Cate.

«Stamattina non vengo in ufficio. Se avete bisogno
di me, chiamatemi sul cellulare».

«Non sta bene, direttore? Ieri si vedeva che...».

«Credo d'avere un po' d'influenza».

Riattaccò.

«Michè».

Giulia si era arrisbigliata e lo chiamava. Tornò in
càmmara di dormiri, era susuta a mezzo e gli tende-
va le vrazza.

Più tardi lei gli fici all'oricchio, a voci vascia:

«Ho detto alla cameriera di non venire oggi. E io non
ho impegni».

«Nemmeno io» disse Michele.

Stettiro tutto il jorno chiusi in casa. Mangiarono quello che attrovarono nel frigorifero e che Giulia era in grado di cucinare. Pirchì lei coi fornelli non se la faciva. Nisciuno lo chiamò al telefono. Signo che in redazione non c'erano problemi.

Alla sira, Michele volli ascutare l'ultimo notiziario, quello che ora era condotto da Pace. Strammò fin dalle prime parole che sintì.

Oggi pomeriggio alle diciotto il questore e il commissario Lo Bue hanno fatto alla stampa un'importante comunicazione. Mandiamo in onda la registrazione integrale.

Comparse la càmmara della questura indove di solito s'arricivivano giornalisti e televisioni nelle granni occasioni. Darrè al tavolo stavano assittati il procuratore capo, il questore e Lo Bue. Per primo, parlò il procuratore capo.

Grazie di essere venuti. È con immensa soddisfazione che siamo in grado di comunicarvi che il caso dell'omicidio della studentessa Amalia Sacerdote può considerarsi risolto.

I giornalisti reagirono con un forti mormorio di sorprisa, uno si susì addritta per fari 'na dimanna, ma il procuratore capo ripigliò a parlari.

Lo dobbiamo alla tenacia e all'intelligenza del dottor Lo Bue che ha saputo dare una conclusiva svolta all'indagine. Passo la parola al signor questore.

Il questore non aviva la facci contenta che avrebbe dovuto aviri. Anzi, pariva chiuttosto nirbùso. Si limitò a diri:

Preferisco che a parlare sia il dottor Lo Bue che così bril-

lantemente ha saputo trovare la soluzione di un caso che
purtroppo pareva destinato a non avere esiti concreti.

Lo Bue lo taliò tanticchia strammato, po' accomenzò
a parlari.

*Come certamente saprete, le agende trovate nell'appar-
tamento di Amalia Sacerdote sono andate smarrite. Ma il
dottor Di Blasi, il pm che per primo si era occupato del
caso, aveva avuto modo di dargli un'occhiata. E qualche
nome che vi aveva letto, se lo ricordava. Interrogando i proprietari dell'appartamento dove la ragazza aveva abitato
prima di traslocare in quello in cui è stata assassinata, siamo venuti a sapere che Amalia aveva un amante che andava a trovarla quando il suo fidanzato era assente. Ce
l'hanno descritto con molta precisione, avendolo più volte incontrato. Si trattava di una figura a me nota. Purtroppo la ragazza era stata irretita e soggiogata da un quaran-
tenne malavitoso che sfoggiava auto di lusso e che aveva
un tenore di vita elevato. Ho chiesto al dottor Di Blasi se
si ricordava di un certo nome scritto nelle agende. Se ne
ricordava. Quel nome, Stefano Ficarra, che a lui non diceva niente, a noi diceva invece moltissimo. Abbiamo convocato in questura, d'accordo col signor procuratore capo, il suddetto Ficarra. E in quell'occasione gli abbiamo
contestato il suo rapporto con Amalia Sacerdote. Ha ri-
solutamente negato, anche quando gli è stato fatto presente che era stato riconosciuto da almeno due testimoni. Ri-
convocato per il giorno seguente, cioè stamattina, non si
è presentato. Andati a casa sua, abbiamo trovato il Ficarra morto nel suo letto. Si era suicidato con il suo revol-
ver che ancora stringeva in pugno.*

Successi un bailamme, un catunio, un virivirì. Trenta giornalisti c'erano e trenta giornalisti si susirono addritta facenno dimanne. Il procuratore capo isò 'na mano, fici fari silenzio e intervinni.

Questa non è una conferenza stampa, quindi è inutile fare domande.

Aggiungerò soltanto che il movente dell'omicidio è da ricercarsi nel fatto che la ragazza, innamorata del fidanzato, voleva troncare la relazione col Ficarra e che questi abbia agito accecato dalla gelosia. Signori, grazie.

Riapparse la facci di Pace.

Speriamo di potervi dare maggiori informazioni nei notiziari di domani. E ora passiamo a…

Michele astutò, si susì.

«Dove vai?» gli spiò Giulia che sinni stava stinnicchiata supra al divano allato a lui.

«Ho voglia di un po' di whisky. Tu ne vuoi?».

«Perché no?».

E accussì Lamantia ci aviva 'nzirtato nel sò soggetto. Solo che non l'avrebbe saputo mai, mischino.

L'indomani a matino, trasenno in ufficio al solito orario, la prima cosa che Cate gli spiò con un sorriseddro fu:

«Passato tutto, direttore?».

«Sì».

«È stato curato bene?».

Che dimanna era? Manco se aviva avuto 'na malatia gravi! E pirchì quella strunza continuava a sorridere?

«Mandami Pace».

«Non c'è, direttore, è in questura».

«Chiamamelo e passamelo di là».

Il telefono squillò subito.

«Posso sapere perché non ti sei sentito in dovere d'informarmi di una cosa così importante come la soluzione dell'omicidio Sacerdote?».

«Io ci ho provato al cellulare, ma era astutato. Allora ho chiamato al centralino del residence e m'hanno detto che non eri più lì. Siccome ho capito che non volevi essere disturbato, tanto ho fatto e tanto ho detto che m'hanno dato un numero dicendomi di provare lì».

«E com'è che non ti ho sentito?».

«Perché Cate, avendo taliato il numero che m'avevano dato, ha fatto una telefonata e dopo m'ha detto ch'era meglio se non ti disturbavo».

«Va bene. Ci vediamo più tardi».

Riattaccò e chiamò a Cate.

«Vieni subito qua».

Cate gli s'appresentò sorridenno e con l'occhi sbrilluccicanti.

«Perché non hai voluto che Pace mi chiamasse?».

«Glielo devo dire io, direttore?» spiò lei maliziosa.

Allura Michele accapì che lei sapiva! Matre santa, che strucciolera che era, quella fìmmina!

«E come hai fatto?» addimannò con un mezzo sorriso.

«Quando ho visto quel numero che non conoscevo mi sono pigliata di curiosità. Lei è sempri vinuto in ufficio, macari con la fevri a quaranta. Ho spiato alle informazioni e m'hanno arrispunnuto che quello era il novo nummaro dell'utente Giulia Caruso, pirchì sò mogliere non si è mai ripigliato il nome da schetta. Allura ho detto a Pace che era meglio se non la disturbava. Le posso dire una cosa, direttore?».

«Dilla».

«Sono felice per lei».

«Grazie. E naturalmente l'hai contato a tutta la redazione, vero?».

«E come faciva a tinirmela dintra, 'na notizia accussì?».

Verso mezzojorno telefonò Guarienti.

«Ti devo dire una cosa che ti farà incazzare ma non so che farci, non è una decisione mia, ma del personale».

«Il tuo rapporto contro di me ha fatto effetto?».

«Quale rapporto?».

«Come? Te lo sei dimenticato? Quello che mi hai preannunziato, nel quale m'avresti accusato di condotta lesiva della deontologia...».

«Ah, poi non l'ho scritto, ci ho ripensato».

Ti ci hanno fatto ripensare, cornuto.

«E allora qual è 'sta decisione del personale?».

«Riguarda Alfio Smecca. Rimane definitivamente a Catania e piglia il posto di Andrea Barbaro che va in pensione».

«E qua?».

«Che significa?».

«Lo sai benissimo che significa. Che rimango con

un uomo in meno. Voglio una buona sostituzione e subito».

«Vedrò di fare il possibile».

Mentri stavano mangianno, Giulia gli disse:

«Ti saluta papà».

«Come sta?».

«Bene. Lo sai che si è commosso?».

«Quando?».

«Quando gli ho detto di noi due. E ha fatto un commento, ha detto che lo sapeva da sempre che prima o poi ci saremmo rimessi insieme».

Il sei settembriro era il jorno che il senatore faciva sittant'anni.

La jornata avanti, appena era arrivato da Roma, era annato a mangiare in casa di Giulia e Michele e po' si era fatto accompagnari dall'autista nella villa che aviva ad Aspra, 'na villa setticintisca squasi a ripa di mari che era stata accattata da sò catananno e nella quali lui era nasciuto e crisciuto, dato che la famiglia ci passava la stati, 'na longa stati, pirchì annava dal primo di maggio al trenta di settembriro. Giulia e Michele l'avrebbero raggiunto in sirata.

Ad Aspra, al senatore l'aspittava Totò Basurto che aviva arricivuto l'incarico di sorvegliari la priparazione del granni pranzo per il jorno appresso.

Sarebbero arrivate 'na vintina di pirsone, tra le quali Nino Sacerdote, novo presidenti della Banca dell'Isola, l'onorevole Caputo, che pur essenno un avversario politico sapiva mettiri l'amicizia al di sopra di tutto, l'onorevole Posapiano che aviva pigliato il posto di Filippone che era stato arristato, Sua Cillenza il pispico e macari il signor prefetto.

Michele niscì dall'ufficio alle unnici di sira, tanticchia prima che finiva il notiziario, passò a pigliare a Giulia e sinni partero per la villa. Quanno arrivaro, il senatore si era già annato a corcare e Basurto era tornato a Palermo. Lui non era invitato al pranzo.

Era la prima volta che Michele e Giulia tornavano ad Aspra doppo che si erano novamenti mittuti 'nzemmula e il senatore aviva fatto priparare per loro la solita càmmara con una gran finestra dalla quali si vidiva il mari e sinni sintiva il respiro.

Dormero un sonno ininterrotto e sireno, la matina s'arrisbigliaro che erano squasi le novi e scinnero in cucina, come d'abitudine, a fari la prima colazione.

«Papà si è alzato?» spiò Giulia a Carmela, la cammarera.

«Quello si susì alle sett'albe».

«Ha fatto colazione?».

«Sissi».

«In terrazza?».

«Nonsi, nel bersò. Supra alla terrazza c'è già la tavolata mezza consata».

Per quella matina, il senatore aviva dovuto fari un'eccezioni, pirchì il latteccaffè se lo pigliava sempri sulla terrazza.

Finero di mangiare e annarono a trovarlo nel bersò. Che non aviva nenti a chiffare con un bersò, era chiamato accussì nella parlata famigliare, ma in realtà si trattava di un granni capanno di ligno e stoffa, che viniva smontato a fini stascione, allocato proprio in punta al jardino, indove finiva la terra e, fatti quattro scaluna, accomenzava la rina della pilaja privata.

Il senatore stava liggenno i giornali. Era vistuto di bianco, a malgrado del càvudo aviva giacchetta e cravatta e 'n testa tiniva un eleganti cappeddro di paglia formato borsalino ornato da 'na striscia nìvura. Giulia si calò a vasarlo.

«Hai 'na scarpa slacciata» gli disse.

«Buongiorno, senatore» fici Michele fermannolo con un gesto dato che quello si stava calanno per allacciarsi le stringhe. «Faccio io».

Mentri stava acculato, il senatore gli posò 'na mano supra la testa.

«Tu sei un bravo picciotto».

«Papà» fici Giulia taliannolo 'n facci. «Ti senti bono?».

«Sì, sì, non ti prioccupari. Il fatto è che stanotti non potti chiuiri occhio».

«E pirchì?».

«Per quello che mi hai detto aieri a pranzo».

Si susì dalla sdraio con una certa difficoltà, àvuto e massiccio com'era, e annò ad abbrazzari la figlia.

«È il rigalo cchiù granni che mi potivi fari per i mè sittant'anni».

Giulia, il jorno avanti, gli aviva ditto che aspittava. Era incinta di dù misi. Po', con l'occhi luciti, lassò la figlia e annò ad abbrazzari a Michele.

«E tu, quanno addivinterò nonno, ti addeciderai finalmenti a chiamarimi papà?».

La voci, nelle ultime paroli, gli s'incrinò. Allura, squasi affruntannosi di farisi vidiri accussì commosso, fici dù passi avanti, s'infilò le mano in sacchetta e si misi a taliare il mari dando loro le spalli. Spalli larghe e ancora dritte. Giulia e Michele non gli s'avvicinarono. Era chiaro che in quel momento voliva essiri sulo. Po', sempri senza voltarsi, parlò.

«Tornari in questo posto, per mia, addiventa sempri cchiù 'na soffirenza».

«Perché, papà?».

«Troppi ricordi, figlia mia. Troppi. I ricordi fanno mali, sia che sono belli, sia che sono laidi».

Fici 'na pausa e ripigliò.

«Lo sapiti? Quann'ero picciotteddro, minni vinivo qua di primissima matina, mi mittivo in costume, trasivo nell'acqua fino al petto e rizzagliavo».

«Cosa facevi?» spiò Giulia.

«Piscavo. E siccome la lenza non mi è mai piaciuta pirchì devi aspittari che il pisci s'addecida a viniri da te, io piscavo col rizzaglio».

«E che è?» spiò ancora Giulia.

«È 'na rete a forma di campana, chiusa in àvuto e aperta a vascio, un'apertura assà larga contornata di piombini. La fai roteare col vrazzo isato e po' la lanci. La riti, che deve ricadiri come un ombrello aperto, veni portata sott'acqua dal piso dei piombini. A un certo momento il piscatori tira 'na corda e la parti 'nferiori della riti si chiude. E dintra ci restano i pisci. 'Na bella rizzagliata».

Fici 'na risateddra e continuò:

«I pisci cchiù stùpiti o i cchiù lenti, naturalmente, pirchì quelli cchiù sperti, videnno la riti calare, si scansano 'n tempo».

Un'altra pausa. E doppo, come parlanno a se stesso:

«Devo spiare a Basurto se mi trova un rizzaglio. Ci voglio provare, una di chiste matine. Chissà se ci ho perso la mano».

«Sono sicuro di no» disse Michele.

Nota

Alla voce «romanzo» de «Il Dizionario della lingua italiana» di G. Devoto trovo così definito il romanzo storico: *contesto di elementi d'invenzione*.

La rizzagliata, almeno nelle mie intenzioni, vuole essere un romanzo storico, anche se di storia più che contemporanea, attuale.

Allora, quali sono in esso gli elementi storici e quali quelli d'invenzione?

Dirò subito che l'elemento storico è un fatto di cronaca che molti lettori certamente ricorderanno come il delitto di Garlasco, del quale forse troppo ampiamente si sono interessati giornali e televisioni, queste ultime addirittura con «speciali», tavole rotonde, dibattiti, ecc. Al fidanzato di una ragazza assassinata nella propria abitazione, nella realtà da poco laureata, dopo lunghi interrogatori viene inviato un avviso di garanzia, tramutato ben presto in un provvedimento di fermo che però il giudice per le indagini preliminari non convalida. Il fidanzato, però, continua a essere indagato.

Quando ho finito di scrivere il mio romanzo, la situazione stava a questo punto. Ecco: questo è l'elemento storico, il tema di partenza.

Quali sono invece gli elementi d'invenzione? La risposta è semplice: tutto il resto. Dirò subito infatti che non ho mai messo piede in una qualsiasi redazione giornalistica della Rai, né regionale né nazionale, se non in qualità d'intervistato, e quindi non ho mai saputo come funzioni una redazione al suo interno. E, d'altra parte, non ho voluto nemmeno informarmi. Così come non ho mai assistito a una riunione dell'Assemblea regionale e quindi non so come la stessa Assemblea sia articolata, di quanti deputati si componga, se abbia un Segretario generale, com'è fatta la sala che la ospita. Nada de nada. E ancora: totalmente estraneo mi è l'ambiente bancario, non so come funzioni una piccola agenzia, figurarsi se ho la minima idea di come si svolga un consiglio d'amministrazione in una banca importante. La stessa crassa ignoranza ce l'ho per quanto riguarda compiti e funzioni degli uffici giudiziari dei vari pm, gip, gup: di essi so solo quello che scrivono i giornali.

Penso perciò che, tra tutti quelli che se ne intendono delle cose che ho sopra dette, molti dovranno rilevare evidenti incongruenze rispetto alla realtà e ne sorrideranno. Meglio così.

Tutto frutto della mia fantasia, dunque.

I nomi e i cognomi dei personaggi, le cariche che rivestono, le situazioni nelle quali essi si vengono a trovare, le loro azioni, i loro comportamenti, i loro pensieri sono frutto di una pura e semplice invenzione che non vuole avere nessun rapporto con persone realmente esistenti.

Questo ci tengo a dichiararlo e a ribadirlo.

A. C.

Indice

La rizzagliata

Uno	9
Due	23
Tre	37
Quattro	52
Cinque	66
Sei	79
Sette	94
Otto	108
Nove	122
Dieci	136
Undici	150
Dodici	164
Tredici	178
Quattordici	192
Nota	207

Questo volume è stato stampato
su carta Palatina
delle Cartiere Miliani di Fabriano
nel mese di ottobre 2009
presso la Leva Arti Grafiche s.p.a. - Sesto S. Giovanni (MI)
e confezionato
presso I.G.F. s.r.l. - Aldeno (TN)

La memoria

Ultimi volumi pubblicati

501 Alessandra Lavagnino. Una granita di caffè con panna
502 Prosper Mérimée. Lettere a una sconosciuta
503 Le storie di Giufà
504 Giuliana Saladino. Terra di rapina
505 Guido Gozzano. La signorina Felicita e le poesie dei «Colloqui»
506 Ackworth, Forsyth, Harrington, Holding, Melyan, Moyes, Rendell, Stoker, Vickers, Wells, Woolf, Zuroy. Il gatto di miss Paisley. Dodici racconti gialli con animali
507 Andrea Camilleri. L'odore della notte
508 Dashiell Hammett. Un matrimonio d'amore
509 Augusto De Angelis. Il mistero delle tre orchidee
510 Wilkie Collins. La follia dei Monkton
511 Pablo De Santis. La traduzione
512 Alicia Giménez-Bartlett. Messaggeri dell'oscurità
513 Elisabeth Sanxay Holding. Una barriera di vuoto
514 Gian Mauro Costa. Yesterday
515 Renzo Segre. Venti mesi
516 Alberto Vigevani. Estate al lago
517 Luisa Adorno, Daniele Pecorini-Manzoni. Foglia d'acero
518 Gian Carlo Fusco. Guerra d'Albania
519 Alejo Carpentier. Il secolo dei lumi
520 Andrea Camilleri. Il re di Girgenti
521 Tullio Kezich. Il campeggio di Duttogliano
522 Lorenzo Magalotti. Saggi di naturali esperienze
523 Angeli, Bazzero, Contessa Lara, De Amicis, De Marchi, Deledda, Di Giacomo, Fleres, Fogazzaro, Ghislanzoni, Marche-

sa Colombi, Molineri, Pascoli, Pirandello, Tarchetti. Notti di dicembre. Racconti di Natale dell'Ottocento

524 Lionello Massobrio. Dimenticati

525 Vittorio Gassman. Intervista sul teatro

526 Gabriella Badalamenti. Come l'oleandro

527 La seduzione nel Celeste Impero

528 Alicia Giménez-Bartlett. Morti di carta

529 Margaret Doody. Gli alchimisti

530 Daria Galateria. Entre nous

531 Alessandra Lavagnino. Le bibliotecarie di Alessandria

532 Jorge Ibargüengoitia. I lampi di agosto

533 Carola Prosperi. Eva contro Eva

534 Viktor Šklovskij. Zoo o lettere non d'amore

535 Sergej Dovlatov. Regime speciale

536 Chiusole, Eco, Hugo, Nerval, Musil, Ortega y Gasset. Libri e biblioteche

537 Rodolfo Walsh. Operazione massacro

538 Turi Vasile. La valigia di fibra

539 Augusto De Angelis. L'Albergo delle Tre Rose

540 Franco Enna. L'occhio lungo

541 Alicia Giménez-Bartlett. Riti di morte

542 Anton Čechov. Il fiammifero svedese

543 Penelope Fitzgerald. Il Fanciullo d'oro

544 Giorgio Scerbanenco. Uccidere per amore

545 Margaret Doody. Aristotele e il mistero della vita

546 Gianrico Carofiglio. Testimone inconsapevole

547 Gilbert Keith Chesterton. Come si scrive un giallo

548 Giulia Alberico. Il gioco della sorte

549 Angelo Morino. In viaggio con Junior

550 Dorothy Wordsworth. I diari di Grasmere

551 Giles Lytton Strachey. Ritratti in miniatura

552 Luciano Canfora. Il copista come autore

553 Giuseppe Prezzolini. Storia tascabile della letteratura italiana

554 Gian Carlo Fusco. L'Italia al dente

555 Marcella Cioni. La porta tra i delfini

556 Marisa Fenoglio. Mai senza una donna

557 Ernesto Ferrero. Elisa

558 Santo Piazzese. Il soffio della valanga

559 Penelope Fitzgerald. Voci umane
560 Mary Cholmondeley. Il gradino più basso
561 Anthony Trollope. L'amministratore
562 Alberto Savinio. Dieci processi
563 Guido Nobili. Memorie lontane
564 Giuseppe Bonaviri. Il vicolo blu
565 Paolo D'Alessandro. Colloqui
566 Alessandra Lavagnino. I Daneu. Una famiglia di antiquari
567 Leonardo Sciascia scrittore editore ovvero La felicità di far libri
568 Alexandre Dumas. Ascanio
569 Mario Soldati. America primo amore
570 Andrea Camilleri. Il giro di boa
571 Anatole Le Braz. La leggenda della morte
572 Penelope Fitzgerald. La casa sull'acqua
573 Sergio Atzeni. Gli anni della grande peste
574 Roberto Bolaño. Notturno cileno
575 Alicia Giménez-Bartlett. Serpenti nel Paradiso
576 Alessandro Perissinotto. Treno 8017
577 Augusto De Angelis. Il mistero di Cinecittà
578 Françoise Sagan. La guardia del cuore
579 Gian Carlo Fusco. Gli indesiderabili
580 Pierre Boileau, Thomas Narcejac. La donna che visse due volte
581 John Mortimer. Avventure di un avvocato
582 François Fejtö. Viaggio sentimentale
583 Pietro Verri. A mia figlia
584 Toni Maraini. Ricordi d'arte e prigionia di Topazia Alliata
585 Andrea Camilleri. La presa di Macallè
586 Guillaume Prévost. I sette delitti di Roma
587 Margaret Doody. Aristotele e l'anello di bronzo
588 Guido Gozzano. Fiabe e novelline
589 Gaetano Savatteri. La ferita di Vishinskij
590 Gianrico Carofiglio. Ad occhi chiusi
591 Ana María Matute. Piccolo teatro
592 Mario Soldati. I racconti del Maresciallo
593 Benedetto Croce. Luisa Sanfelice e la congiura dei Baccher
594 Roberto Bolaño. Puttane assassine
595 Giorgio Scerbanenco. La mia ragazza di Magdalena
596 Elio Petri. Roma ore 11

597 Raymond Radiguet. Il ballo del conte d'Orgel
598 Penelope Fitzgerald. Da Freddie
599 Poesia dell'Islam
600
601 Augusto De Angelis. La barchetta di cristallo
602 Manuel Puig. Scende la notte tropicale
603 Gian Carlo Fusco. La lunga marcia
604 Ugo Cornia. Roma
605 Lisa Foa. È andata così
606 Vittorio Nisticò. L'Ora dei ricordi
607 Pablo De Santis. Il calligrafo di Voltaire
608 Anthony Trollope. Le torri di Barchester
609 Mario Soldati. La verità sul caso Motta
610 Jorge Ibargüengoitia. Le morte
611 Alicia Giménez-Bartlett. Un bastimento carico di riso
612 Luciano Folgore. La trappola colorata
613 Giorgio Scerbanenco. Rossa
614 Luciano Anselmi. Il palazzaccio
615 Guillaume Prévost. L'assassino e il profeta
616 John Ball. La calda notte dell'ispettore Tibbs
617 Michele Perriera. Finirà questa malìa?
618 Alexandre Dumas. I Cenci
619 Alexandre Dumas. I Borgia
620 Mario Specchio. Morte di un medico
621 Giorgio Frasca Polara. Cose di Sicilia e di siciliani
622 Sergej Dovlatov. Il Parco di Puškin
623 Andrea Camilleri. La pazienza del ragno
624 Pietro Pancrazi. Della tolleranza
625 Edith de la Héronnière. La ballata dei pellegrini
626 Roberto Bassi. Scaramucce sul lago Ladoga
627 Alexandre Dumas. Il grande dizionario di cucina
628 Eduardo Rebulla. Stati di sospensione
629 Roberto Bolaño. La pista di ghiaccio
630 Domenico Seminerio. Senza re né regno
631 Penelope Fitzgerald. Innocenza
632 Margaret Doody. Aristotele e i veleni di Atene
633 Salvo Licata. Il mondo è degli sconosciuti
634 Mario Soldati. Fuga in Italia

635 Alessandra Lavagnino. Via dei Serpenti
636 Roberto Bolaño. Un romanzetto canaglia
637 Emanuele Levi. Il giornale di Emanuele
638 Maj Sjöwall, Per Wahlöö. Roseanna
639 Anthony Trollope. Il Dottor Thorne
640 Studs Terkel. I giganti del jazz
641 Manuel Puig. Il tradimento di Rita Hayworth
642 Andrea Camilleri. Privo di titolo
643 Anonimo. Romanzo di Alessandro
644 Gian Carlo Fusco. A Roma con Bubù
645 Mario Soldati. La giacca verde
646 Luciano Canfora. La sentenza
647 Annie Vivanti. Racconti americani
648 Piero Calamandrei. Ada con gli occhi stellanti. Lettere 1908-1915
649 Budd Schulberg. Perché corre Sammy?
650 Alberto Vigevani. Lettera al signor Alzheryan
651 Isabelle de Charrière. Lettere da Losanna
652 Alexandre Dumas. La marchesa di Ganges
653 Alexandre Dumas. Murat
654 Constantin Photiadès. Le vite del conte di Cagliostro
655 Augusto De Angelis. Il candeliere a sette fiamme
656 Andrea Camilleri. La luna di carta
657 Alicia Giménez-Bartlett. Il caso del lituano
658 Jorge Ibargüengoitia. Ammazzate il leone
659 Thomas Hardy. Una romantica avventura
660 Paul Scarron. Romanzo buffo
661 Mario Soldati. La finestra
662 Roberto Bolaño. Monsieur Pain
663 Louis-Alexandre Andrault de Langeron. La battaglia di Austerlitz
664 William Riley Burnett. Giungla d'asfalto
665 Maj Sjöwall, Per Wahlöö. Un assassino di troppo
666 Guillaume Prévost. Jules Verne e il mistero della camera oscura
667 Honoré de Balzac. Massime e pensieri di Napoleone
668 Jules Michelet, Athénaïs Mialaret. Lettere d'amore
669 Gian Carlo Fusco. Mussolini e le donne
670 Pier Luigi Celli. Un anno nella vita
671 Margaret Doody. Aristotele e i Misteri di Eleusi

672 Mario Soldati. Il padre degli orfani

673 Alessandra Lavagnino. Un inverno. 1943-1944

674 Anthony Trollope. La Canonica di Framley

675 Domenico Seminerio. Il cammello e la corda

676 Annie Vivanti. Marion artista di caffè-concerto

677 Giuseppe Bonaviri. L'incredibile storia di un cranio

678 Andrea Camilleri. La vampa d'agosto

679 Mario Soldati. Cinematografo

680 Pierre Boileau, Thomas Narcejac. I vedovi

681 Honoré de Balzac. Il parroco di Tours

682 Béatrix Saule. La giornata di Luigi XIV. 16 novembre 1700

683 Roberto Bolaño. Il gaucho insostenibile

684 Giorgio Scerbanenco. Uomini ragno

685 William Riley Burnett. Piccolo Cesare

686 Maj Sjöwall, Per Wahlöö. L'uomo al balcone

687 Davide Camarrone. Lorenza e il commissario

688 Sergej Dovlatov. La marcia dei solitari

689 Mario Soldati. Un viaggio a Lourdes

690 Gianrico Carofiglio. Ragionevoli dubbi

691 Tullio Kezich. Una notte terribile e confusa

692 Alexandre Dumas. Maria Stuarda

693 Clemente Manenti. Ungheria 1956. Il cardinale e il suo custode

694 Andrea Camilleri. Le ali della sfinge

695 Gaetano Savatteri. Gli uomini che non si voltano

696 Giuseppe Bonaviri. Il sarto della stradalunga

697 Constant Wairy. Il valletto di Napoleone

698 Gian Carlo Fusco. Papa Giovanni

699 Luigi Capuana. Il Raccontafiabe

700

701 Angelo Morino. Rosso taranta

702 Michele Perriera. La casa

703 Ugo Cornia. Le pratiche del disgusto

704 Luigi Filippo d'Amico. L'uomo delle contraddizioni. Pirandello visto da vicino

705 Giuseppe Scaraffia. Dizionario del dandy

706 Enrico Micheli. Italo

707 Andrea Camilleri. Le pecore e il pastore

708 Maria Attanasio. Il falsario di Caltagirone

709 Roberto Bolaño. Anversa
710 John Mortimer. Nuovi casi per l'avvocato Rumpole
711 Alicia Giménez-Bartlett. Nido vuoto
712 Toni Maraini. La lettera da Benares
713 Maj Sjöwall, Per Wahlöö. Il poliziotto che ride
714 Budd Schulberg. I disincantati
715 Alda Bruno. Germani in bellavista
716 Marco Malvaldi. La briscola in cinque
717 Andrea Camilleri. La pista di sabbia
718 Stefano Vilardo. Tutti dicono Germania Germania
719 Marcello Venturi. L'ultimo veliero
720 Augusto De Angelis. L'impronta del gatto
721 Giorgio Scerbanenco. Annalisa e il passaggio a livello
722 Anthony Trollope. La Casetta ad Allington
723 Marco Santagata. Il salto degli Orlandi
724 Ruggero Cappuccio. La notte dei due silenzi
725 Sergej Dovlatov. Il libro invisibile
726 Giorgio Bassani. I Promessi Sposi. Un esperimento
727 Andrea Camilleri. Maruzza Musumeci
728 Furio Bordon. Il canto dell'orco
729 Francesco Laudadio. Scrivano Ingannamorte
730 Louise de Vilmorin. Coco Chanel
731 Alberto Vigevani. All'ombra di mio padre
732 Alexandre Dumas. Il cavaliere di Sainte-Hermine
733 Adriano Sofri. Chi è il mio prossimo
734 Gianrico Carofiglio. L'arte del dubbio
735 Jacques Boulenger. Il romanzo di Merlino
736 Annie Vivanti. I divoratori
737 Mario Soldati. L'amico gesuita
738 Umberto Domina. La moglie che ha sbagliato cugino
739 Maj Sjöwall, Per Wahlöö. L'autopompa fantasma
740 Alexandre Dumas. Il tulipano nero
741 Giorgio Scerbanenco. Sei giorni di preavviso
742 Domenico Seminerio. Il manoscritto di Shakespeare
743 André Gorz. Lettera a D. Storia di un amore
744 Andrea Camilleri. Il campo del vasaio
745 Adriano Sofri. Contro Giuliano. Noi uomini, le donne e l'aborto
746 Luisa Adorno. Tutti qui con me

747 Carlo Flamigni. Un tranquillo paese di Romagna
748 Teresa Solana. Delitto imperfetto
749 Penelope Fitzgerald. Strategie di fuga
750 Andrea Camilleri. Il casellante
751 Mario Soldati. ah! il Mundial!
752 Giuseppe Bonarivi. La divina foresta
753 Maria Savi-Lopez. Leggende del mare
754 Francisco García Pavón. Il regno di Witiza
755 Augusto De Angelis. Giobbe Tuama & C.
756 Eduardo Rebulla. La misura delle cose
757 Maj Sjöwall, Per Wahlöö. Omicidio al Savoy
758 Gaetano Savatteri. Uno per tutti
759 Eugenio Baroncelli. Libro di candele
760 Bill James. Protezione
761 Marco Malvaldi. Il gioco delle tre carte
762 Giorgio Scerbanenco. La bambola cieca
763 Danilo Dolci. Racconti siciliani
764 Andrea Camilleri. L'età del dubbio
765 Carmelo Samonà. Fratelli
766 Jacques Boulenger. Lancillotto del Lago
767 Hans Fallada. E adesso, pover'uomo?
768 Alda Bruno. Tacchino farcito
769 Gian Carlo Fusco. La Legione straniera
770 Piero Calamandrei. Per la scuola
771 Michèle Lesbre. Il canapé rosso
772 Adriano Sofri. La notte che Pinelli
773 Sergej Dovlatov. Il giornale invisibile
774 Tullio Kezich. Noi che abbiamo fatto La dolce vita
775 Mario Soldati. Corrispondenti di guerra
776 Maj Sjöwall, Per Wahlöö. L'uomo che andò in fumo
777 Andrea Camilleri. Il sonaglio
778 Michele Perriera. I nostri tempi
779 Alberto Vigevani. Il battello per Kew
780 Alicia Giménez-Bartlett. Il silenzio dei chiostri
781 Angelo Morino. Quando internet non c'era
782 Augusto De Angelis. Il banchiere assassinato
783 Michel Maffesoli. Icone d'oggi. Le nostre idol@trie postmo-
    derne

784 Mehmet Murat Somer. Scandaloso omicidio a Istanbul
785 Francesco Recami. Il ragazzo che leggeva Maigret
786 Bill James. Confessione
787 Roberto Bolaño. I detective selvaggi
788 Giorgio Scerbanenco. Nessuno è colpevole
789 Andrea Camilleri. La danza del gabbiano
790 Giuseppe Bonaviri. Notti sull'altura
791 Giuseppe Tornatore. Baarìa
792 Alicia Giménez-Bartlett. Una stanza tutta per gli altri
793 Furio Bordon. A gentile richiesta
794 Davide Camarrone. Questo è un uomo

La memoria

795

DELLO STESSO AUTORE

La stagione della caccia
Il birraio di Preston
Un filo di fumo
La bolla di componenda
La strage dimenticata
Il gioco della mosca
La concessione del telefono
Il corso delle cose
Il re di Girgenti
La presa di Macallè
Privo di titolo
Le pecore e il pastore
Maruzza Musumeci
Il casellante
Il sonaglio

LE INDAGINI DEL COMMISSARIO MONTALBANO

La forma dell'acqua
Il cane di terracotta
Il ladro di merendine
La voce del violino
La gita a Tindari
L'odore della notte
Il giro di boa
La pazienza del ragno
La luna di carta
La vampa d'agosto
Le ali della sfinge
La pista di sabbia
Il campo del vasaio
L'età del dubbio
La danza del gabbiano